也许多年以后，
我还是会想起，
曼多塔湖，
和她的冬天。

曼多塔湖和她的冬天
Lake Mendota and Her Winter

王艺杰　著

浙江摄影出版社
全国百佳图书出版单位

责任编辑 方　妍
装帧设计 秦逸云
责任校对 朱晓波
责任印制 汪立峰

图书在版编目（CIP）数据

曼多塔湖和她的冬天 / 王艺杰著 . —— 杭州：浙江
摄影出版社 , 2021.2 （2023.1 重印）

ISBN 978-7-5514-3229-0

Ⅰ . ①曼… Ⅱ . ①王… Ⅲ . ①诗集—中国—当代
Ⅳ . ① I227

中国版本图书馆 CIP 数据核字 (2021) 第 006764 号

MANDUOTAHU HE TA DE DONGTIAN
曼多塔湖和她的冬天

王艺杰　著

全国百佳图书出版单位
浙江摄影出版社出版发行
　　地址：杭州市体育场路 347 号
　　邮编：310006
　　电话：0571-85151082
　　网址：www.photo.zjcb.com
制版：浙江新华图文制作有限公司
印刷：廊坊市印艺阁数字科技有限公司
开本：889 mm×1194 mm　1/32
印张：7
2021 年 2 月第 1 版　2023 年 1 月第 2 次印刷
ISBN 978-7-5514-3229-0
定价：58.00 元

目 录

序言 | 诗意的本质

1

从 5 岁创作第一首诗算起，已近 20 年。

20 年间窗前景物变换，唯有手中的笔，与笔下的诗，常伴我左右，无论窗外雨疏风骤，抑或朝飞暮卷。

起初进行的儿童诗创作，更像是记录下幼时对万千世界的好奇。稚嫩的文字背后，是一颗懵懂而又澄澈的心灵。在一次诗歌夏令营活动中，我结识了著名儿童诗诗人圣野爷爷。在他的鼓励下，我对诗歌创作总是充满了激情。

背起行囊的我，时常漫步于山野间。每当被自然景物所触动时，我都会提笔写下自己的心绪，不论是星海山川，还是青草虫蚁。

2

随着年龄的增长，我逐渐喜欢上唐诗宋词。

从"人闲桂花落"到"月涌大江流"，从"漠漠轻寒上小楼"到"风住尘香花已尽"。品读这些流传千百年的诗词，既能再现昔时景象于脑海之中，令人感慨万端，又能如王国维在《人间词话》中描述的那样，在"以我观物"与"以物观物"间，体会豪迈宏壮与婉约优美的不同意趣，并在创作中反复琢磨自身的视角与性情。

古诗词的凝练启迪我在创作时力求用词精准、富有韵味，故时常推敲个别字词到深夜；古诗词的音律激励我仔细钻研韵脚，反复吟诵至全诗流畅贯通、浑然一体；古诗词的心性则引导我感受那种超然的、不受羁绊的洒脱，回归自己的本心。

3

留学美国之后，英文诗歌中更为自由的结构模式和更多元的音律变化让我一度颇为着迷，我逐渐感受到英语文学的魅力。

我曾学习美国当代诗歌中充满幽默、流行文化且大胆真实的表现手法。在创作中，我尝试用重复短句更深入地展现角色（从环境到心理活动），又在措辞和句法上加入了自己的东西，以达到意境与情感的升华。这种突破约定俗成的习惯，也在我不同诗体的创作中有所体现。

我时常想起卡莉娜·麦格琳教授，这位诗人、小说家为我打开了英文写作的大门。她在创意写作课堂上开展头脑风暴，训练我们快速发散性多点思维的能力，并要求我们数分钟内完成一首命题诗歌的创作。我十分感谢她帮助我修改诗歌和小说，并为我解答写作上的烦恼，包括如何更巧妙地在英文诗中使用头韵与尾韵。还有我在大学期间一起学习的文友们，他们都是了不起的作家，向他们每个人学习是如此美妙的经历。

4

中西方文化的强烈碰撞，也启发我以更多元的视角创作。

我喜欢在学校食堂一边品尝各种闻所未闻的生菜叶，一边和来自不同院系的好友谈论各国风俗传统。和他们的交流让我意识到，不同的地域环境使人的生命体验如此不同，不同的社会文化造就了每个人各自独一无二的价值观，它们的联通成为跨文化的桥梁。而本科时广泛的涉猎，促使我探索不同学科领域构建起的不一样的知识体系。这种跨文化背景下的跨学科学习，点燃了思想之光，折射出更多的诗意。

我惊叹于毕达哥拉斯提出的"数是万物的本原"，也因笛卡尔所描述的——诗人用"想象的力量"带给我们知识，甚至比真理在哲学家那里"放射出更多的光彩"而备受鼓舞。毋庸置疑，这些伟大的数学家与哲学家的话语带给了我新的思考方式，我在他们观察世界的眼中采集了灵感。我将这些新的元素揉入我的诗歌创作，以不断突破自身思维格局的局限。

5

行走在查尔斯河畔，我时常思索——诗，不应该仅仅是以文字为表现载体的文学体裁。

当数学教授在黑板上写下一串又一串的数字符号时，那变换的字母是诗；当我在考卷上写下一段又一段的哲学论述时，那连绵的字句是诗；当我的课友亚当向我展示他一排连着一排的小提琴曲谱时，那跳动的音符也是诗。

诗意来源于环境的变换，也来源于内心的起伏，更来源于两者相互映射碰撞而产生出的心跳与火花。

麦迪逊冬夜沃什伯恩天文台上的星空，与露台前仰望星空的少年；曼多塔湖寒冰上的飞雪，与飞雪中逆风奔跑的老人；归隐地北部小镇的冬日暖阳，与暖阳下舞姿曼妙的少女；纳什维尔令人怀想童年往事的音乐，瓦尔登湖追寻简朴生活旧梦的遐思，普林斯顿不舍春花下离人归去的落日……在那一处、在那一刻，遇见的，都是诗。

6

诗意，是流动的，是通灵的，是可以突破不同载体的界限而引人共鸣的。

也许它在千万里之外的山海深处，孜孜呼喊；也许它在咫尺相隔的书桌枕边，轻轻咏叹。

不论它在哪里，都祝愿此刻正在阅读的你，在某个春雨初晴的清晨邂逅它时，也会一样欣喜。

第一辑 万物皆数

CHAPTER I **All is Number**

轻轻翻开那些积满灰尘的书籍，在跳动的字母里，万物消长，斗转星移。

穿梭的时光中，世界的本质与永恒的真理，就像那黑夜里的幽冷光影，扑朔迷离。也许我们不曾知晓，那些矗立在历史长河里仰望日月的长者们，至今从未放弃对它们的追寻。

万物皆数，

他们通过数学的眼睛，

去采集哲学的辰星。

数语

Leonhard Euler

毕达哥拉斯的音迹

当你出生之时,

是否听见,

底格里斯河底的声音?

是东方文明的召唤,

令你的足迹跨越,

从古巴比伦到印度。

黄金分割,

划破了,

有限与无限的对立。

置身乱世,

你却看清,

万物皆数。

毕达哥拉斯(Pythagoras,约公元前 580 年—约公元前 500 年),古希腊数学家、哲学家,第一个注重"数"的人,主要成就有提出并证明毕达哥拉斯定理(勾股定理)、证明了正多面体的种数。他向往东方智慧,提出"数是万物的本原"的观点,被誉为"数学之父"。

欧几里得的投影

我们都是高维度的映射，

包括山川、虫蚁。

包括你从雅典古城，

漫步到尼罗河谷的光阴。

你让人们去丈量金字塔的影子，

所以他们会被它的高度所惊叹。

就像你推开柏拉图学院之门时，

你的身影与众人相比，

如此非凡。

欧几里得（Euclid，约公元前 330 年—约公元前 275 年），古希腊数学家，代表作有数学巨著《几何原本》，主要成就有提出欧几里得算法、完全数，被誉为"几何之父"。

阿基米德的杠杆定律

城池已被攻破，

远处传来罗马士兵的嘶吼。

刹那间，

花儿枯萎，河流冻结。

利剑刺入老人身躯，

鲜血若几何图形洒在地上。

甘露随风而至，

你说："给我一根杠杆和一个支点，

我可以撬动地球。"

阿基米德（Archimedes，公元前287年—公元前212年），古希腊哲学家、数学家、物理学家，主要成就有提出几何体表面积和体积的计算方法，发现浮力定律、杠杆原理，享有"力学之父"美誉，死于罗马士兵入侵。

笛卡尔的情书

多年以后，

克里斯汀仍会记得，

邂逅的那个午后的日光和鲜花，

以及他手里流淌出的数字符号。

亲爱的，

你可以将代数与几何结合，

但我们却在坐标系中两个不同的象限。

我收到你最后的情书

—— $r=a(1-\sin\theta)$，

慢慢画出心形线。

勒奈·笛卡尔（René Descartes，1596 年 3 月 31 日—1650 年 2 月 11 日），法国著名哲学家、数学家和物理学家，主要成就有创立了解析几何，首次对光的折射定律提出了理论论证，发展了伽利略运动相对性理论、宇宙演化论、旋涡说等理论学说，是近代二元论和唯心主义理论著名的代表，代表作品有《方法论》《几何》《屈光学》《哲学原理》《形而上学的沉思》等，被誉为"解析几何之父"。

费马之博弈

概率组成了期望，

成就了博弈的传奇。

夜已寂静，星空衔云。

赌徒们屏住呼吸，

下注最后一局的胜负。

请不要惊慌，

风会轻轻耳语，

随机变量的奥秘，

今夜没有赢家。

皮埃尔·德·费马（Pierre de Fermat，1601 年 8 月 17 日—1665 年 1 月 12 日），法国著名业余数学家，主要成就有提出费马大定理、解析几何的基本原理，代表作品有《平面和立体轨迹引论》《求最大和最小的方法》。费马与帕斯卡在关于赌博中博弈输赢概率的信件中提出的概念，为概率论的发展奠定了基础。

牛顿的万有引力

欧几里得曾经说过，

"图形是神绘制的，

万物的规律隐藏其中"。

暴雪冰封曼多塔湖，

数学题让我彻夜无眠。

突然，铅笔坠落，

让我想起万有引力定律，

还有失眠的牛顿。

从一个黎明到下一个清晨，

想起地球对太阳的追逐，

月亮对地球的依恋。

艾萨克·牛顿（Isaac Newton，1643 年 1 月 4 日—1727 年 3 月 31 日），英国著名的物理学家、数学家，主要成就有提出万有引力定律、牛顿运动定律、光的色散原理，发明反射式望远镜，并与莱布尼茨共同发明微积分，代表作品有《自然哲学的数学原理》《光学》，被誉为"近代物理学之父"、百科全书式的"全才"。

莱布尼茨的二进制

我无从了解《易经》之卦爻，

与其中暗藏的气息。

我揣想星与星之间的距离，

关于阴阳，还有掌纹，

关于生命的奇迹，宇宙的神秘。

我看见莱布尼茨凝视着阴和阳[1]，

就像太阳底下，

他对二进制的惊喜。

1　莱布尼茨从《易经》中获取灵感，并推广二进制的应用。

　　戈特弗里德·威廉·莱布尼茨（Gottfried Wilhelm Leibniz，1646 年 7 月 1 日—1716 年 11 月 14 日），德国哲学家、数学家，大陆理性主义的代表人物，哲学上的主要成就有提出单子论、预见现代逻辑学和分析哲学的诞生，数学上的主要成就有创立微积分、二进制，代表作品有《神义论》《单子论》《论中国人的自然神学》。

欧拉的眼睛

所以，你们的目光投向世界时
我凝视内心。
所以，当卷宗焚为灰烬[1]之后
我选择坚强，让记忆复苏。

亲爱的人们啊，
请你们不要赘述我浩瀚长卷，
数学是我生命之神，
我爱其中所有星辰。

1　1766 年，欧拉双目完全失明；1771 年，彼得堡大火殃及其家，其半生数学著作
被焚烧殆尽，但他从未灰心。

　　莱昂哈德·欧拉（Leonhard Euler，1707 年 4 月 15 日—1783 年 9 月 18 日），
瑞士数学家、自然科学家，主要成就有创立函数的符号、分析力学，解决了柯尼斯
堡七桥问题，提出各种欧拉公式，代表作品有《无穷分析引论》《微分学原理》《积
分学原理》，被誉为"分析学化身"。

高斯的少年时光

在他妈妈的梦里,

他从石板的裂缝中,

窥视尘封的几何洞穴。

那是正十七边形[1]!

少年的枝头,惊起神鸟。

一夜清空 2000 年的谜案。

1 19 岁的高斯,用一个晚上证明正十七边形可以用尺规作图做出来,解决了千古难题。

约翰·卡尔·弗里德里希·高斯(Johann Carl Friedrich Gauss,1777 年 4 月 30 日—1855 年 2 月 23 日),德国著名数学家、物理学家、天文学家、几何学家、大地测量学家,主要成就有发现正十七边形的尺规作图法、导出二项式定理的一般形式、画出世界上第一张地球磁场图、定出地球磁南极和磁北极的位置、发明磁强计,被誉为"数学王子""微分几何之父"。

伽罗瓦的表情

热情和勇气，

从你天真的微笑中散发出来，

就像石榴花。

你仇视约束，

宁愿为所爱而死。

风慢慢地卷走了你的数字符号，

你说：

"我没有时间了。"

埃瓦里斯特·伽罗瓦（Évariste Galois，1811 年 10 月 25 日—1832 年 5 月 31 日），法国数学家，现代群论的创始人之一，主要成就有用群论系统化地阐述了五次及五次以上方程不能用公式求解、用群论解决了古代三大作图问题中的两个（三等分角和倍立方），后为爱情死于决斗。

黎曼漫步

从牧师的步履中转向，

当数学之光，

唤醒你沉睡的灵魂。

面对浩瀚海洋，

你画出了黎曼几何。

凝望巍峨山峰，

你道出了黎曼猜想。

你是一个巨人。

你托起了爱因斯坦[1]。

1 黎曼几何为爱因斯坦的广义相对论提供了数学基础。

格奥尔格·弗里德里希·伯恩哈德·黎曼（Georg Friedrich Bernhard Riemann，1826 年 9 月 17 日—1866 年 7 月 20 日），德国著名的数学家、物理学家，在数学分析和微分几何方面做出过重要贡献，开创了黎曼几何，代表作品有《单复变函数一般理论的基础》《关于以几何学为基础的假设》等。

康托尔之无穷尽

当所有的悖论消散，

穷尽与否不再是唯一的真理。

宿命是一条看不见的时间线，

由生活的点滴集合而成。

你坐在疯人院的床边 [1]，

用清澈的眼睛注视这个世界。

众人以为你的信念早已崩塌，

只是他们，

无从理解。

1 因其创造性研究受到学术不公待遇，康托尔备受打击，一度患精神分裂，住进精神病院。

  格奥尔格·康托尔（Georg Ferdinand Ludwig Philipp Cantor，1845 年 3 月 3 日—1918 年 1 月 6 日），德国数学家，集合论的创始人，主要成就有建立超穷数理论，代表作品有《一般集合论基础》。

庞加莱的猜想

你追寻宇宙的形状，

在人类文明的边界，

采集花朵与灵感。

你是数学界的莎士比亚，

就像你说的，

"无关乎后天塑造，

皆是天然成因"。

朱尔斯·亨利·庞加莱（Jules Henri Poincaré，1854 年 4 月 29 日—1912 年 7 月 17 日），法国数学家、天体力学家、数学物理学家、科学哲学家，他也是相对论的理论先驱，主要成就有创立代数拓扑学，代表作品有《天体力学新方法》《科学与假设》《最后的沉思》。

希尔伯特的 23 个问题

哥尼斯堡大学的苹果树下，

孕育着新思想的种子。

知识没有边界，

宛若，

你日光下的影子，

拉长生命的荣光。

泥里玩耍的孩子，

幻想着更高的维度，

是谁，

在数学的天空中画出了绚烂的云彩？

戴维·希尔伯特（David Hilbert，1862 年—1943 年），德国著名数学家，主要成就有提出了新世纪数学家应当努力解决的 23 个数学问题，代表作品有《希尔伯特全集》《几何基础》《线性积分方程一般理论基础》，被称为"数学界的无冕之王"。

哥德尔的人缘

理论凝结成,

普林斯顿大学小径边的野花。

爱因斯坦喜欢与他交谈,

他们时常一起吟诵

美丽的数学诗章。

他打破了老希尔伯特的美梦[1],

错误总是需要纠正。

当然,

他相信,

冯·诺依曼也梦到了他。

---

1 哥德尔提出的不完全性定理打破了希尔伯特对于数学公理系统相容性证明的计划。

库尔特·哥德尔(Kurt Gödel,1906 年 4 月 28 日—1978 年 1 月 14 日),美籍奥地利数学家、逻辑学家和哲学家,主要成就有提出了不完全性定理,代表作品有《〈数学原理〉及有关系统中的形式不可判定命题》。

哲思

Aristotle

苏格拉底的良方

你选择绝尘而去，

所以你能重生，

变成助产自由精神的良方。

在雅典风吹得到的每一个角落，

在曼多塔湖凝结成冰，

在我的窗口前，

在我慢慢读过你的字里行间。

苏格拉底（Socrates，约公元前 470 年—公元前 399 年），古希腊著名哲学家，西方哲学的奠基者，古希腊三贤之一。他提出了苏格拉底教学法、苏格拉底反诘法，主张美德即知识、认识你自己，代表作有《克堤拉斯篇》《泰阿泰德篇》《智士篇》《政治家篇》。

柏拉图式爱情

柏拉图认为,

心灵的交流高于一切。

所以, 让我们坐在佛蒙特的群山边,

用微笑撑起地平线上下沉的光。

让年轻的身姿沿着斯托的雪坡飞翔,

让爱的玫瑰在夕阳中绽放。

柏拉图（Plato，约公元前 427 年—公元前 347 年），原名为亚里斯多克勒斯（Aristocles），古希腊哲学家，西方客观唯心主义的创始人，提出了理念论、理想国学说，代表作有《对话录》《理想国》。

亚里士多德之形而上学

我们决定穿过峡谷，

在森林里休憩。

我们欣赏黄色蝴蝶，

或谛听鸟鸣。

我们张开双臂，

敞开心扉。

磨损的青苔证明了我们存在。

即使这会儿看不见月亮和星星，

寒夜也会唤醒我们的意志。

亚里士多德（Aristotle，公元前 384 年—公元前 322 年），古希腊伟大的哲学家、科学家和教育家，形式逻辑学的创始人，在哲学、逻辑学、生物学等方面做出了巨大的贡献，主张用形而上学的方式观察世界，代表作有《工具论》《物理学》《形而上学》《伦理学》《政治学》，堪称"古希腊哲学的集大成者"。

培根的力量

真理是时间的女儿。

星辰更迭，它的迷惘

在于流年。

知识就是力量。

人类认知，它的蜕变

宛若蚕蛾。

世俗总是人云亦云。

生活持续往复，

蝶变成为稀缺。

　　弗朗西斯·培根（Francis Bacon，1561 年 1 月 22 日—1626 年 4 月 9 日），英国文艺复兴时期散文家、哲学家，英国唯物主义哲学家，实验科学及近代归纳法的创始人，他还提出了唯物主义经验论的一系列原则，代表作有《新工具》《论科学的增进》以及《学术的伟大复兴》。

洛克的意象

婴儿啼哭，

他的思想是一张白纸。

天赋源自教育的力量，

远离邪恶，远离无知。

体魄是根，

品格是魂。

生命需要一些触摸，

游戏我们的智力。

约翰·洛克（John Locke，1632 年 8 月 29 日—1704 年 10 月 28 日），英国哲学家、经验主义的代表人物，他主张公民社会是为了对财产权利提供保护才产生的，主张反对君主专制，提倡分权，代表作有《论宗教宽容》《政府论》《人类理解论》。

休谟之人性论

篝火冉冉燃烧，

它的奔放与自由，在夜色中

成为人的印象。

我们在河岸谈论时光，

记忆是过往的观念，

憧憬是未来的理想。

篝火暗许我一些情愫，

观念的联结，只需要

我们的感觉，

在那一刻。

大卫·休谟（David Hume，1711 年 4 月 26 日—1776 年 8 月 25 日），不可知论哲学家、经济学家、历史学家，英国三大经验主义者之一。他在因果问题、归纳问题、自我理论、实践理性方面都提出了自己的见解，主张所有人类的思考活动都可以分为两种：追求"观念的联结"与"实际的真相"，代表作有《人性论》《道德原则研究》《人类理解研究》《宗教的自然史》。

卢梭的忏悔

即便人生来自由，

五个婴儿 [1] 的啼哭仍穿墙而过。

田园，河道，吹动云的风

掩饰不住他们童年的荒芜。

浪漫的芦苇一定摇疼了你的眼睛。

---

1 黛莱丝为卢梭生了 5 个孩子，都被卢梭送进了巴黎的育婴堂。

　　让-雅克·卢梭（Jean-Jacques Rousseau，1712 年 6 月 28 日—1778 年 7 月 2 日），法国著名哲学家、教育家、文学家，18 世纪法国大革命的思想先驱，启蒙运动代表人物之一，也是浪漫主义的先驱。他提出了民主政论，主张人民主权，代表作有《论人类不平等的起源和基础》《社会契约论》《忏悔录》《爱弥尔》等。

康德的星云

微粒是看不见的存在，
暗物质徐徐萦绕于窗前，
被你吸引，又排斥。
宇宙诞生于数百亿年前，
在朦胧的星云中。
你还在时空里徘徊，
等待下一个光年的急驰。

伊曼努尔·康德（Immanuel Kant，1724 年 4 月 22 日—1804 年 2 月 12 日），德国著名物理学家、天文学家、哲学家、作家，德国古典哲学创始人。他提出了知识的普遍必然性、先验感性论、太阳系起源星云说、批判哲学的认识论等，主张将经验转化为知识的理性是人与生俱来的，没有先天的范畴我们就无法理解世界的观点，代表作有《纯粹理性批判》《实践理性批判》《判断力批判》。

黑格尔的孤独

做一个孤独的行者。

做一个孤独的旅行者。

用自己的眼睛看世界,

原子或灵魂,

聚合或分离。

谛听雄鹰的私语,

感受稻草人的呼吸。

格奥尔格·威廉·弗里德里希·黑格尔（Georg Wilhelm Friedrich Hegel，1770年 8 月 27 日—1831 年 11 月 14 日），德国哲学家，唯心论哲学代表人物之一，黑格尔哲学体系创始人。他的思想涉及了国家观、辩证法、认识论，代表作有《精神现象学》《逻辑学》《哲学科学全书纲要》《法哲学原理》。

叔本华的意志

你说，意志是世界的本质。
哀愁让庄稼折弯了腰，
蜻蜓亲吻着睡莲，它要往复
去年夏天啼唱的歌谣。

月亮是黑色的，
心之天空如昼。
我策马穿过树林，
无忧的我，
将看到盎然生机。

亚瑟·叔本华（Arthur Schopenhauer，1788 年 2 月 22 日—1860 年 9 月 21 日），
德国著名哲学家，非理性主义哲学的创始人，唯意志论的创始人和主要代表人物，
也是悲观主义哲学的代表人物。他提出了生命意志是主宰世界运作的力量的观点，
主张意志是世界的本质，代表作有《作为意志和表象的世界》《附录与补遗》。

费尔巴哈的认识之光

河流与人影，

二维的画像。

思想转世成光滑的鹅卵石，

批判与抨击，于现存的制度。

燕子飞过青柳，

田野因日光熠熠生辉。

我们不就是自然的宠儿。

但是我们的见识与心绪，

会变成自然的一部分，

在追寻真理和生命意义的道路上。

路德维希·安德列斯·费尔巴哈（Ludwig Andreas Feuerbach，1804 年 7 月 28 日—1872 年 9 月 13 日），德国旧唯物主义哲学家。他主张人本主义哲学，认为用自然界代替存在，就排除了社会存在，用生物学上的人代替社会人的思维，就排除了人的思维的社会性，他还把人的本质视为生物学上的本质，代表作有《黑格尔哲学批判》《基督教的本质》。

尼采之诗

蔷薇颠沛流离，

我在岩石的缝隙里，

礼赞生命的乐章。

独行者的衣衫，

成为苍穹之彩云。

信仰之舟已逝，

它定然泊在

闪电的岸边，或者

孤独的雨季。

弗里德里希·威廉·尼采（Friedrich Wilhelm Nietzsche，1844 年 10 月 15 日——1900 年 8 月 25 日），德国哲学家，唯意志论继承者，存在主义演进过程中的重要人物。他提出了权力意志、超人哲学、虚无主义、艺术救赎等哲学思想，代表作有《权力意志》《悲剧的诞生》《不合时宜的考察》《查拉图斯特拉如是说》。

罗素的河流

生命是一条河流，
人们在自己的堤岸环顾，
忐忑地冲向岩石与瀑布，拥抱
急驰而来的青春。

人们凝望眼前的平静，
蹚过暗涌与礁石，
汇入海洋的辽阔，遗忘
生命中不能承受之重。

伯特兰·阿瑟·威廉·罗素（Bertrand Arthur William Russell，1872 年 5 月 18 日—1970 年 2 月 2 日），英国哲学家、数学家、逻辑学家、历史学家、文学家，新实在主义代表人物，分析哲学的主要创始人。他提出了逻辑原子论、罗素悖论，代表作有《西方哲学史》《哲学问题》《心的分析》《物的分析》。

海德格尔之向死而生 [1]

我们终将凋零，

如花谢，

秋天枯黄的叶子走向隆冬。

我们看不透生命的尽头，

松涛正随风带来美妙的乐章。

篝火在暗礁里发出光亮。

你明眸皓齿，

向死而生。

1 马丁·海德格尔在其名著《存在与时间》里理性地讨论了死的概念，并最终对人如何面对无法避免的死亡给出了一个终极答案：生命意义上的倒计时法——向死而生。

马丁·海德格尔（Martin Heidegger，1889 年 9 月 26 日—1976 年 5 月 26 日），德国哲学家，存在主义哲学的创始人和主要代表之一。他主张个体就是世界的存在，代表作有《存在与时间》《林中路》《路标》。

萨特的选择

自由，

是选择的自由。

没有条件，

没有根据。

如翱翔天际的雄鹰，

如仰望天空的你。

萨特选择情人之爱，

波伏娃[1]倚门伫立，

微笑不已。

1 西蒙娜·德·波伏娃（Simone de Beauvoir）是法国思想家、作家萨特的恋人。波伏娃与萨特选择成为不结婚的恋人。

让-保罗·萨特（Jean-Paul Sartre，1905 年 6 月 21 日—1980 年 4 月 15 日），法国哲学家,法国无神论存在主义的主要代表人物,西方社会主义最积极的倡导者之一,代表作有《存在与虚无》。

第二辑　曼多塔湖和她的冬天

CHAPTER II Lake Mendota and Her Winter

第一次独自来到未知的美洲，便邂逅这地处中西部的威斯康星。

在这里，我度过了 3 年的大学生活；在这里，我收获了历练与成长、恬静与雅致。每当旧友问及为何我会选择来这世人几乎未有耳闻之地，我总是戏谑地自嘲道，我只是想找个清净的地方学习。

当然他们不曾了解，我在这里遇到的奇人异事，度过的美好时光。那些年的点点滴滴，与那些不为人知的地方，成为我灵魂深处的精神家园。

也许多年以后，

我还是会想起，

曼多塔湖，

和她的冬天。

麦迪逊（Madison）

麦迪逊市依托曼多塔湖而建，而我就读的威斯康星大学，也毗邻湖滨。我时常通宵学习后来到这里，独自欣赏黎明。

曼多塔湖的清晨

曼多塔湖，

汉语亦可译作梦到她湖。

彻夜未眠的我，

在黎明的日光下，

可不可以，

也梦到她。

烟湖恋雨

满湖横烟舟尽连，

清波溢阶沿。

步止红墙仍觉早，

已是四月天。

望穿千里仍不见，

空是雨绵绵。

再题烟湖

满湖皆横烟，

清波溢阶沿。

望穿四月天，

空是雨绵绵。

曼多塔湖畔水烟密布，宁静的湖面上，扁舟们仿佛都连在了一起。缓步行走到历史悠久的红楼墙边，不禁感叹虽然已是四月时节了，却春色尚早。驻足眺望，怎么也看不穿阴云密布的天空。只有绵绵细雨，随风飘来。

梦湖西径

行波不止，清风自升，

红霞几段终觉晚，

新露雨微寒。

驻聆莺啼，踱步西岸，

旧枝新绿始向南，

孤洲渔烟淡。

　　湖中水波不止，清风徐徐吹来。抬头看到几道红霞，才察觉天色已晚，细雨带来的露水让人感到些许寒意。缓缓行走在西岸的步道，驻足聆听鸟儿的啼鸣，发现旧时的柳枝上已经长出了新芽，向着南方舒展，而小水洲在暮色下也仿佛笼着淡淡的渔烟。

蒙诺纳湖（Lake Monona）

蒙诺纳湖位于城市南侧，不比曼多塔湖畔那般人潮涌动。我时常散步至此，独享一份宁静与清欢。

南望

城南的蒙诺纳，

已静静凝望了北岸的曼多塔，

许多年了。

威斯康星州州府大楼（Wisconsin State Capital）

威斯康星州州府大楼位于麦迪逊市中心，北接曼多塔湖，南邻蒙诺纳湖，西望可见威斯康星大学。

夏日农贸市场

夏日，围绕州府大楼建造的中心广场上会开办农贸市场，这也是城中居民举家出游的好时节，威斯康星的油炸起司尤为出名。

树荫下的小女孩

穿梭在，人影中的阳光，

弥漫着的起司的香味。

阵阵夏日和风，

树荫下的小女孩。

威斯康星大学麦迪逊分校东校区（East Campus）

校园东部紧邻麦迪逊市中心，聚集了主要的教学楼与各类图书馆。

瑞金区（Regent Neighborhood）的晚霞

晚霞

漫天红霞中，

行往远方的列车，

和匆匆归来的人们。

秋夜

缓步在迷蒙雾影之下，
暖风吹过湿漉的叶尖，
秋天的味道。

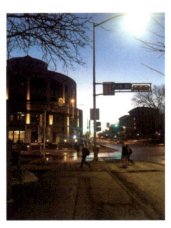

公园路（Park Street）

宿舍楼旁的公园路是我上学的必
经之路之一，夏末也别有韵味。

晚聚

夏日的夜晚，

我们也曾一起坐在湖畔的凉椅上，

静静聆听那些电影里的故事。

工会露台（Memorial Union Terrace）

夏日在工会露台与同学们一起共进晚餐，然后观看一场露天电影，也不失为一种享受。

野营

星夜下的我们，

篝火里的棉花糖。

聚餐点（Picnic Point）野餐

美国流行用篝火烤棉花糖，方法是把棉花糖串在树枝上，将外皮烤至金黄，然后夹在巧克力和饼干间食用，香软酥脆，美味可口。

麦迪逊之秋

麦迪逊的秋天非常短暂，

就像缤纷树叶飘落的瞬间。

远方

辽阔的玉米地，

与远方即将到来的暴风雨。

城外辽阔的玉米地与满天乌云。

西校区（West Campus）

校园西侧分布着工学院、医学院，以及各湖区宿舍楼。

沃什伯恩天文台

沃什伯恩，

那个和我一样在麦迪逊，

仰望过星空的人。

沃什伯恩天文台（Washburn Observatory）

沃什伯恩天文台是文理学院荣誉学院的办公室所在地，位于校园中的一处高地。我时常午后来这里与学术指导老师交谈，或是望着湖面冥想。

一直向前

一直向前。

这是威斯康星州的箴言，

也是我的箴言。

图中陈列的是位于学校展览馆里的竞舟"向前"号。"一直向前"是威斯康星州的箴言，也激励着威斯康星大学的学子们励精图治，勇攀高峰。

亚当宿舍（Adams Residence Hall）

亚当宿舍是我本科最后一年在麦迪逊的居所，它毗邻湖畔，有着美丽的四合院。

初雪

新雪，

故人，

寒风中的暖灯。

麦迪逊的冬天

麦迪逊的冬天可持续半年之久，其间更有零下 20 多摄氏度的低温与毫无征兆的暴风雪。曼多塔湖会在一二月冰封，而同学们则会去湖上散步、凿冰抓鱼。

雪堆

为何平原之上

会有耸立的雪山?

那是威斯康星的冬天。

冬骑

这条路将通往何方？
是否会像蓝天一样澄澈，
是否会像白雪那样皎洁。

滑下雪坡

每一块食堂的托盘，

都曾承载过一个少年的心跳，

飞跃那片雪坡。

拿着食堂的餐盘，在水域宿舍（Waters Residence Hall）旁滑下雪坡是威斯康星大学不成文的传统之一。

冬行

我喜欢在冰上行走，

即使是零下 10 度。

我并不讨厌，

将我和我的书包塞进拥挤的汽车，

那拥挤到我都不知该如何安放我的双手的汽车，

那每个人都用异样的眼神看着我的汽车，

那把我视为陌生人的汽车。

毕竟，

我对于那个司机来讲是陌生人，

我对于那些乘客来说是陌生人，

我对于所有人来说都是陌生人。

我喜欢在冰上行走，

即使是零下 10 度。

我喜欢在冰上行走，

我喜欢那种在冰面上滑行时努力保持平衡的感觉。

像一个 10 岁的小男孩，

紧张得想要控制住脚步，

避免撞上那冻住的电线杆，

却失败地摔倒在满是冰碴的泥土里。

我看见行人在嘲笑我，

我看见松鼠在嘲笑我。

但我并不在意，

因为此刻，

我是 10 岁的小男孩，

我喜欢在冰上行走。

我喜欢在冰上行走，

那里没有任何人的脚步。

我不记得我从哪里来，

也不知道我将走向哪里。

我的体重无法击破冰封的地面，

而寒风不停地将我拽倒，

拖曳到冰面，

拖曳到大地里面。

而我第一次，

感觉到我属于这里，

我属于这个世界，

我属于这片土地。

我笑了，

那是我第一次微笑。

我喜欢在冰上行走，

因为我喜欢冬天，

我喜欢冬天抓住我的笑脸。

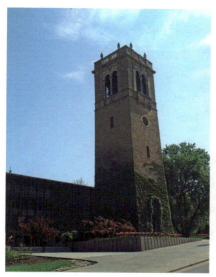

钟塔（Carillon Tower）下的郁金香

学校里有一座钟塔，春日里郁金香盛开，我会在放学的路上，停下脚步，低头嗅一嗅她们的芬芳。

生命的方程

生命就像一次随机漫步。

因为无常，所以充满期待。

1. $Life = \int_{Birth}^{Death} You * \triangle Today$

你不能对明天积分，

你也无法计算昨天的积分，

你唯一能专注的时刻就是今天。

所以活在当下，

因为这是你生命的呈现。

2. $(e^{xistence})' = C * e^{xistence}$

你无法改变人的差异存在，

一旦出生，

它们就存在。

区别人们的是他们所做的不同，

所以在你离开之前留下一些不同的东西，

不同于仅仅存在于世界上。

3. $Success = \prod \dfrac{Nights}{Days} Loneliness$

成功是日夜孤独的产物，

所以不要放弃，不要退缩。

你可能永远孤独，

但那是你开始改变的时候。

4. $Self = \dfrac{\partial}{\partial FriendA \partial FriendB \ldots \partial FriendN} * Life$

当纷繁生活的负担让你窒息时，

试着剥去你生活的每一层。

享受片刻的自由，

真正做自己的自由。

麦迪逊的烟花

告别

人桥往顾皆似梦，

又是七载行尘中。

风雪依稀长亭月，

几场碎雨几场空。

　　在人来人往的桥上，蓦然回首，不禁觉得人生仿佛一场梦，不知不觉间，又在这尘世间度过了许多年。感叹风雪飘零，岁月蹉跎，月亮从长亭边升起落下。不管经历了多少场骤雨，到头来还是空空如也。

社团（club）

美国大学有着丰富的社团活动。我积极参与了领导力社团（Student Leadership Program）和冒险学习社团（Adventure Learning Programs）的活动，帮助同学们培养团队协作能力与领导力，这其中包括有趣的绳索课程。

归隐（retreat）

在美国文化中，retreat 这个词通常指团队或组织寻找一个
与世隔绝的地方放松身心，交流心得的活动，这不失为一
种心灵的退避、归隐。我曾多次参加大学社团里的此类活
动，收获了醇厚的友谊与美好的时光。

离去

风亭清雨烟云路，

满城意无数。

驱车千里下林住，

横辙过草处；

半盏茗茶又笛音，

何来红尘苦？

只恐几度斜阳暮，

远近皆成故。

威斯康星德尔斯（Wisconsin Dells）

　　清风吹过闲亭，细雨朦胧了烟云密布的小径，满眼望去都是意味盎然的样子。开车驶离城市来到千里之外的林间居住，车轮压过野草留下印记。轻煮半盏沸水分茶细品，又扬笛奏乐，哪里来什么红尘苦水。唯一忧虑的只是在迟暮时分的斜阳下，这远近景象都成了回忆。

北部小镇

白杆临水风自止，

青烟依旧在。

涉水三千故梦来，

枯草今又败。

新道怎知霜来早，

难耐步难开。

那夜星火近寒苔，

几度横野外。

　　秋风吹拂到溪边，白色的树林也慢慢变得幽暗。傍晚木屋旁，青烟冉冉升起。跋山涉水来到这归隐之地，不禁旧梦迭起，思绪万千，感叹细草为何如此迅速地枯萎衰败下来。

　　新铺的砾石路怎会知道这里的秋霜竟来得如此之早，很快便到了人们不易迈开脚步的时节。那个夜晚，篝火洒落的火星溅到石头上寒凉的青苔上，不知不觉间，我们已经置身于千里山野之外。

怀古

青烟流水三千渡，

白衫依旧飘。

亭角新宇上云霄，

总是远路遥；

几抹胭脂已不在，

却道红尘好。

可惜人间霜寒早，

烟火尽随箫。

　　青烟流水，我白色的衣衫仍旧飘摇。仰望亭台楼阁，高耸仿佛直上云霄，只觉得前路漫漫，十分遥远。虽然天边如胭脂般的晚霞已经不在了，人们还是感叹尘世美好。只可惜人间寒冬霜雪来得如此之早，这灿烂的烟火只能随着音乐声飘向远方。

冬日暖阳

飞雪西塞外，

我们追寻的是那西下的夕阳，

还是心中的远方？

归隐山林

屋檐下的雪人，月光中的笑脸；
篝火旁的歌声，丛林里的漫步。
幸福流淌成彼此的星河，
在这宁静的夜晚。

我们翻越山坡，我们踏遍雪地；
我们将能量锻造成梦想之剑，
在我们遇见千千万万个人，
在我们度过千千万万个日子，
在光阴荏苒，
在我们终将离开之前。

威斯康星汽车游（Wisconsin Experience Bus Trip）

2016 年夏初，我跟随学校参加了威斯康星汽车游，周游威斯康星州多个城市，感受别样的人文风貌，探寻威斯康星理念（Wisconsin Idea）。

航空博览馆

斑驳的影子，

穿越地平线。

螺旋桨的声音。

仿佛呼啸至蓝天。

奥什科什（Oshkosh）

此地曾多次举办世界飞行展，珍藏了无数的飞机。

绿湾格林贝（Green Bay）

威斯康星州以其对美式橄榄球的热情所闻名。本州球队绿湾包装工队（Green Bay Packers）曾多次获得超级碗（Super Bowl）冠军，其主场位于朗博球场（Lambeau Field）。

绿湾

也曾幻想过，

在绿湾的橄榄球场上，

像他们一样奔跑。

斯蒂文点（Stevens Point）

位于威斯康星中部斯蒂文点的林中木屋，在此处可以静静地欣赏湖光，品味落日。

林语

隐现的日光里，

呼吸凝结成水汽，

那是我与林木的私语。

印第安人保护区（Lac Courte Oreilles Ojibwe）

印第安人早先曾在此捕鱼，他们总是将鱼骨回归土壤与湖泊，以表达对自然的敬畏之心。

印第安人的呼喊

仿佛听见，

他在对我说，

无论从大自然中收获了什么，

我们必将回馈，

这也许就是威斯康星思想吧。

奶牛农场（The Baerwolf Farm）

威斯康星以奶制品出名，此次旅途有幸得以参观奶牛农场，品尝现制冰激淋，甚是难得。

新生

此刻，

伸展湿漉的身子，

感受，

温热的爱意，

新生，

于干草堆中。

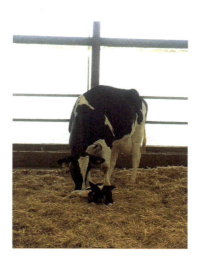

恶魔湖（Devils Lake）

传闻湖中曾有水怪出没，故称"恶魔湖"。

问湖

瞭望远方的石头啊，

你可曾见过，

那湖中的恶魔？

密尔沃基（Milwaukee）

跟随好友游览威斯康星另一座大城市密尔沃基。在无尽的蓝天下，眺望五大湖的另一端。

冰封

五大湖畔，

冰封的船港，

无尽的蓝天，

这冬日的清寂。

第三辑 穹顶之下

CHAPTER III Under the Dome

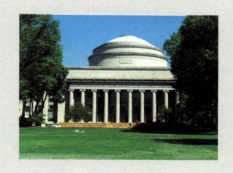

北大西洋畔，坐落着两座象征智慧与梦想的城市——波士顿与纽约。

穹顶之下，为超越自我而挑灯夜读的剑桥岁月短暂而美好。晚风拂过窗前的书页，抬头不禁发现，窗前的查尔斯河，已经变成了哈德逊河。而我也从风光无限的波士顿，来到了群星璀璨的纽约。

那些静静流淌的河水，
与缓缓逝去的时光，
在河岸旁消散的烟火里，
渐行渐远。

剑桥，马萨诸塞州（Cambridge，Massachusetts）

剑桥与波士顿一河之隔，母校麻省理工学院以及哈佛大学皆坐落于此。不论是秋日的三更骤雨，还是冬日的红墙白雪，都是那么安逸舒适。

查尔斯河（Charles River）

忆剑桥，最忆查尔斯河。不论酷暑寒冬，我总是喜欢沿着河岸慢慢散步上学，欣赏一番河岸旁心旷神怡的景色。

独立日烟花

已是人间夜半中，

遥笛四起月微蒙。

沧海难得寻一粟，

相见烟花似相逢。

　　已经是剑桥的深夜了，在月色朦胧里，庆祝独立日的音乐从四处响起。茫茫人海知己难寻，却又各自散落天涯。今夜共同观赏这烟花，我们仿佛又重逢。

夏夜河畔

晓月初上查河畔，

晚风入案鬓微寒。

夏夜行云逐虫语，

探首弄墨笔蹒跚。

　　夜初，新月刚刚从查尔斯河畔升起，风儿缓缓吹入窗案。夏夜河畔，连鬓角也感到略微寒意。夜晚浮云飘动，仿佛追赶着私语的虫儿。我俯身拿笔准备书写一些文字，却因为毫无思绪而落笔缓慢。

秋夜漫游

烟火十里水漾帆，

独倚低栏月影寒。

总是轻吟秦音句，

路向西岸风向南。

　　五颜六色的灯火沿着查尔斯河两岸绵延不绝，水波荡漾，依稀映着水上船帆。独自倚靠在护栏前，感觉秋夜的月光略显寒冷。轻轻吟唱旧时的古曲，在不停歇的南风中，慢慢向西走回宿舍。

再年秋雨

冷雨逐尘灯影低，

行风入怀青阶齐。

新夜秋水共天色，

再扬轻笛是别离。

    清冷的秋雨敲击着地面，击起阵阵尘土，风儿拥入怀中。深秋的夜晚，碧水与天空一色。即将完成学业的我，再次扬手奏乐当是需要离别的时刻了吧。

楼中冬望

卧案无景望，

续茶难觉香。

晚天夕去早，

欲饮杯已凉。

　　冬日，趴伏在窗前的书桌上向外远眺，不见什么景致。在杯中续上热茶，却依然难以闻到茶香。天色已晚，夕阳西下是如此之早。刚想要饮用热茶，发现杯子已经凉透。

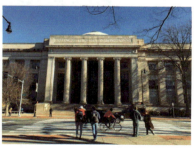

麻省理工学院（MIT）

麻省理工学院校园内遍布着历史悠久的古老建筑与各种奇形怪状的教学楼，形成了一种延续智慧与突破创新的平衡。

四季的穹顶

四季的穹顶，

沉思到天明。

MIT 大穹顶

穹顶之夜

寒冬

下不完的雪，

望不穿的庭院。

你是否也在等待，

那门开的一瞬间？

雪日

笑语随风入径深，

襟短难抵飞絮横。

奈何深秋无暖酒，

回首当是三月春。

　　说笑间风儿沿着小径向我们刮来，单薄的衣襟难以抵挡飞雪。无奈在这深秋的路上没有温热的酒，片刻过后，回过头去，所见当是像三月春日梨花压满枝头的景象了吧。

河上飞雪

我也很迷茫，

为什么看不清远方，

那似乎是我认识的地方。

故事新题

半卷诗书半浊酒，

飞絮叹青柳；

小楼冬寒又鸣箫，

绣簪难掩梨花入发梢。

日日抚琴春难到，

南望新潮早；

多少星月沾旧袍，

何日金榜盼得君归瑶。

　　看着半卷诗书，喝着半杯浊酒，随风飘扬的柳絮仿佛在向青青的柳枝叹息。于小楼高处吹奏箫乐，略感觉到冬天的寒意，就算戴着发簪也无法阻隔雪花飘入发梢之间。

　　每日弹琴，可惜春天还是迟迟不肯到来。向南眺望，空有新涨的潮水。多少个日夜的等待，陈旧的衣衫上仿佛沾染上了星星和月亮的光芒。也不知道何时他才能金榜题名，从远方归来。

元旦

半羽轻绸新褶香，

陈音断影晚灯凉，

梦尽十二圆缺月，

摇觞淡饮念他乡。

轻薄的衣裳多了新的褶皱依然透着香气，低沉的乐曲仿佛打断了晚灯的影子，光线幽暗，略显凉意。梦始梦尽之时，十二个月份的月亮，在阴晴圆缺之间悄然消逝。摇动酒杯，小酌美酒，一年又到尽头。佳节时分，总是异常思念故乡。

小院秋日

真理和智慧，

在这里，

永远没有秋天。

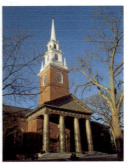

哈佛大学（Harvard University）

在剑桥时，我周末时常去哈佛大学的图书馆自习。

哈佛商学院（Harvard Business School）

在哈佛商学院学习时，每周一、三、五早上我都顶着查尔斯河的寒风，沿着河岸骑公共自行车去上课。每当我推开那扇沉重的门，都能感受到撼动世界的力量。

波士顿，马萨诸塞州（Boston, Massachusetts）

第一次来到这里，我就深深地爱上了这座历史悠久而又富有文化气息的城市。沿着自由之路探寻，天高海阔，云淡风轻，更不用说那人潮涌动的集市，还有美味可口的大龙虾。

自由之路

帆船行驶在查尔斯河畔，

往复生命的漂泊。

红楼，伫立于

蔚蓝的天空之下。

走过弥漫着龙虾气味的集市，

走过自由之路。

后湾（Back Bay）

后湾位于查尔斯河南岸，有着各种维多利亚风格的建筑以及商场、餐厅，是周日享受阳光与下午茶的好去处。

后湾

暖阳下，

红砖楼旁，

春花丛中，

来一杯下午茶？

长木区

树林里的小火车，

缓缓驶入隧道旁的站台。

似曾相识的那一幕，

我可还未从梦中醒来？

长木区（Longwood）

长木区位于波士顿西南侧，以医疗闻名。绿线地铁在这里穿梭于林间隧道与站台，令人感觉好似置身于梦境。

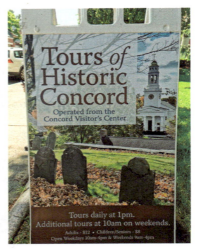

康科德，马萨诸塞州（Concord，Massachusetts）

康科德是位于波士顿西侧的一个小镇，这里宁静、淡雅。著名作家爱默生与梭罗都曾居住于此，瓦尔登湖吸引着全球各地的游客前来观赏。康科德在美国历史上也扮演过重要的角色，列克星敦和康科德战役可谓美国独立战争的第一场战役。

瓦尔登湖

来到康科德，

探寻心灵的平静与和谐，

我们将永远抗争生活的痛苦与黑暗；

但我们永远记住，

"太阳也不过是一颗辰星"。

纽黑文，康涅狄格州（New Haven，Connecticut）

耶鲁大学坐落于纽约与波士顿之间的纽黑文，这里的哥特式古老建筑与夏日的蓝天绿树一起组成了一道美丽的风景线。

夏日里的松鼠

哥特式礼堂的塔尖，

高瓴大道旁的古木。

夏日里飞奔的松鼠，

在庭院一角的草坪之上，

等待惊鸿一瞥。

纽约，纽约州（New York City，New York）

这是一座令人兴奋的城市。缓步行走在公园大道（Park Avenue）上，仰望路旁的摩天大楼，勇敢追逐心中的梦想。

倒影

湖中高楼，

水中碧树。

我愿相信这景象的真实，

直至风儿摇曳起波光粼粼。

中央公园（Central Park）

曼哈顿高楼中的一片净土。

华盛顿广场

华盛顿广场的喷泉旁，

拉奏提琴的大学生面容沉静，

琴音诉说着各自的往事。

我在夏日的晚风里，

和年少的他们，

一同聆听。

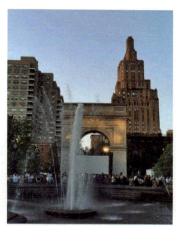 

华盛顿广场（Washington Square） 纽约大学（NYU）

往事如烟

曼哈顿大桥下，

往事如烟。

感伤无处安放，

在这阳光灿烂的日子。

青春流逝，

桥洞里帝国大厦的塔尖，

依稀可见。

布鲁克林（Brooklyn）

布鲁克林大桥下方 DUMBO 区
域为著名电影《美国往事》的取
景地之一，保留着旧时美国建筑
的风貌。

中城露台酒吧

冰盏轻摇玉露香，
迪音四起人影茫。
映火红砖淡穹宇，
晓灯入夜檐角凉。

　　轻轻摇动冰凉的酒杯，杯中美酒散发着果香味。摇滚音乐从四面八方传来，身处恍惚的人影之中，是如此容易迷失。酒吧里，灯红酒绿的光影映照在砖墙之上，光晕向着天际慢慢淡去，随着夜色渐深，露台楼阁之上也笼上了寒凉之意。

泽西市，新泽西（Jersey City, New Jersey）

在纽约工作的时光里我一直居住于此。泽西市可谓闹市中的一片静地，能让我在一日奔波后又重新回归内心深处的平和。

随笔

青烟南行雾霁开，

笃学五载终成材。

阅尽千书提万卷，

云溪过水墨映苔。

　　雨后水烟云雾皆向南消散，天空因此变得清澈湛蓝。努力学习五年有余，终于初见成效且有所领悟。看完了千千万万的书籍，心旷神怡，不禁有一种超然之感。仿佛置身于世外桃源，看着天空中的云朵映在溪中，随着溪水缓缓流淌。桌上的墨汁倒映着窗边的青苔，豁然下笔，笔下如有神韵。

春色

春雨碎花香映空，

淡苔小绿始见红。

行人衣着晨色去，

不闻桃李争东风。

春天的细雨打碎了花瓣，散发出的香气荡漾在空气中。石头上淡淡的青苔因为散落的花瓣也显得绿中带红。急于上班的人们，大衣上满满的都是晨光。快步行走的他们，怎会顾及路旁在东风中争香斗艳的各色花朵。

哈德逊河（Hudson River）

茶余饭后，我时常在余晖中沿着哈德逊河漫步，远眺河对岸的曼哈顿下城与世贸中心，细听钟牌[1] 前的晚潮声。

---

1 哈德逊河旁有一块被做成钟表形状的高大的广告牌，上面还有指针。

夏末

夏水拍岸连波起，

满壁灯火是近夕。

行船轻开破风早，

疑是查河横桥西。

　　夏日，潮水拍打着河岸，泛起阵阵浪花。夕阳西下，放眼望去，满目都是红霞。早早驶入港口的船只慢慢破风前行，这景象倒是让我想起了查尔斯河河西的矮桥。

长岸

曲高夜暖新酒寒，

花烛依稀入行帆。

纵是长岸千翻浪，

驻足堤宇仍笑谈。

　　暖风拂面的夜晚，伴随着一曲高歌，感觉到刚入口的美酒略带凉爽。远望河上朦胧的夕阳，像烛火一般映照着缓慢移动的船只和船只上的帆布。即使蜿蜒的河岸旁翻涌着滚滚浪花，我们还是会在堤坝前停下脚步，嬉笑言欢。

天望

畅饮半载暖酒先，

余光天际水岸前。

再无剑桥三更雨，

尽是曼岛半边天。

先一起慢慢地喝几杯暖酒，在这河水之上欣赏天际余光。回想起以前的日子，知道此刻没有机会再目睹剑桥凌晨的细雨，现在满眼都是曼哈顿岛西侧天空的景色。

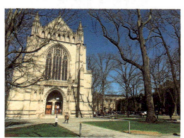

普林斯顿，新泽西州（Princeton，New Jersey）

2018 年 4 月，赴普林斯顿大学参加学术会议，校园里春意盎然。

落日

普林斯顿的落日，

布鲁克林的樱花；

它离我没有那么远，

就像那春天。

第四辑 山海之外

CHAPTER IV Thousand Miles Away

古语云，"智者乐水，仁者乐山"。

行走于红尘浮世，唯有置身自然，才能回归平和的心性，塑造淡雅的灵魂。闲暇时分，我时常背起行囊，离开我所在的城市，去别处寻访一片天地。每每启程，总是心怀期盼与欣喜；每每归来，又总是收获阅历与感动。

攀临群山，当像山一样，安宁壮阔；

遥望大海，当像水一样，悠然淡泊；

而超乎于山海之外的，

是那一份心向往之的洒脱。

山

优胜美地，加利福尼亚州（Yosemite, California）

奇山，丽水；秀谷，繁星；堪称天下之最。

优胜美地

峻石高耸道崎岖，
踱步谷径树影低。
轻歌泉畔识新果，
闲看小童戏游鸡。

草甸寻花花遍野，
林海拾松松满溪。
斜阳映水淋光散，
回首晚山皆莺啼。

　　穿梭在高耸的山石间，道路异常崎岖，终于穿越浓荫密布的林间小径来到谷底。轻轻地哼着歌谣在泉水边辨识未知的野果，悠闲地看着水里的小顽童与水鸡嬉戏。草甸深处遍地都是野花，树丛中落下的松果沉入清澈溪流的水底。迟暮的斜阳映照在飞流直下的瀑布上，折射出了五颜六色的彩虹，不觉回头，只听见傍晚的山林中响彻着的鸟儿的啼鸣。

星夜

兴起驱车至荒坪，

晓夜初凉云影新。

纵有飞石落银河，

且看武仙射天琴。

山林夜晚，伸手不见五指；满天星河，着实壮观。

兴致盎然地开车来到荒无人烟的草坪。秋夜初至，天上泛着细云，感觉微微有些寒冷。即使有划过银河的流星，那气势还是不如拉着弓的仿佛将要射向天琴座的武仙座。

缅因寻梦

故音北向车两三，
远近缤纷秋露淡。
望尽新潮横云细，
酒风寄雨烛影残。

缅因州（Maine）位于美国最东北部，紧邻加拿大，是观赏秋叶的好去处。

　　听着旧时的乐曲一路向北，不禁觉得两旁的车辆也稀少了一些。远近树林已染上了秋天的颜色，傍晚时分，雨露也变得微微泛凉。于海湾边驻足，向南眺望，拍打岩石的潮水仿佛和天边的层层阴云连在了一起。小镇上裹挟着清酒味道的晚风，也就着细雨，慢慢稀释了桌台前忽明忽暗的烛影。

白山闲语

林道崎岖光影间，
路上横石流溪前。
亲聆山鸟鸣秋语，
谁说最忆在峰尖？

　　树林间的小径崎岖弯折，阳光洒落树叶间，光影依稀。前行的道路上总是有挡路的石块，道路两旁则流淌着清澈的溪水。聆听山中鸟儿诉说着秋天即将到来的消息，谁说让人流连忘返的风景一定在山顶？

白山，新罕布什尔州（White Mountains, New Hampshire）

我参与了学校组织的白山远足高级组，绕山爬行7小时有余，山色秀丽，而我却精疲力竭。

走私者峡谷

轻缆横踱上烟山，

临峰絮雾山景寒。

漫天飞雪凝松露，

银峭剑指十八弯。

　　缆车在烟雾缭绕的雪山上缓缓前行，快要到达山峰的时候，雪雾四起，山景迷蒙。满天都是飞舞的雪花，青松上凝结着晶莹剔透的霜露。高耸的山峰像发着银光的出鞘利剑一般，而通向山下的滑雪道则蜿蜒曲折，难以望到尽头。

走私者峡谷，佛蒙特州（Smugglers Notch，Vermont）

为避免美国卷入拿破仑战争，杰斐逊总统当时禁止美国与英国和加拿大进行贸易。但是因为靠近加拿大著名城市蒙特利尔，这给佛蒙特州的人们的生活贸易带来不便，于是当地的人们便暗地里通过这个峡谷口与加拿大的人们进行贸易往来。

斯托飞雪

枯木未尽雪松迎，

行雾入山晚霜新。

一览横崖银坡陡，

风下夕亭三尺冰。

上山途中，枯树枝的尽头，有满身是雪的松树前来相迎。天色渐晚，雾气涌入山谷，凝结成晶莹剔透的霜露。站在山顶向下俯视，悬崖雪坡陡峭。寒风刮过，夕阳下，亭角下也筑起了层层冰凌。

斯托，佛蒙特州（Stowe，Vermont）

斯托，佛蒙特州的滑雪胜地。

松溪

涓流两岸嫩色青，

滚石千下翻贝银。

凌峰路转低岸畔，

山雨欲来风满屏。

　　涓涓细流的两岸，树林嫩叶常青，溪水围绕石头形成的旋涡在阳光下像翻滚的贝壳，一闪一闪，散发着银色的光芒。在狭长的谷底仰望两侧高耸的山峰，绕过一山却突现低平的河岸草地。正陶醉在这风光之中，哪知天气无常，山雨突至，整个世界被风雨笼罩。

松溪峡谷，宾夕法尼亚州（Pine Creek Gorge, Pennsylvania）

松溪谷位于宾夕法尼亚群山深处，素有"宾夕法尼亚大峡谷"之称。游览时山雨突至，狂风乱作，而后却骤然晴朗，谷间水烟徐升。

大岩洞

不见五指，
却可以聆听到，
岩石在呼吸。

猛犸洞，肯塔基州（Mammoth Cave, Kentucky）

世界上最长的洞穴，世界自然遗产之一，以巨象猛犸命名。溶洞中迂回曲折，并且有各种各样的石灰岩景观。

大烟山，田纳西州（Great Smoky Mountains，Tennessee）

森林蒸腾出的水汽时常滞留于群山峡谷之中，形成烟云缭绕的样子，故名"大烟山"。三月时节，满山却还是没有丝毫春意。

烟山旧雨

淡雨掩枯日，
断枝拦低石。
烟山不现绿，
飞鸟叹春迟。

暗淡的云雨遮掩了仿佛枯萎了的微弱日光，弯折的树枝在青石之上阻断了前行的道路。已是三月，大烟山却还是看不见一点绿色，鸟儿从远处飞来，仿佛在感叹春天为何尚未到来。

海

科德角，马萨诸塞州（Cape Cod，Massachusetts）

科德角，又称"鳕鱼角"，是位于马萨诸塞州东南侧的一个钩状半岛，伸入大西洋。这里是乘坐"五月花"号的欧洲移民来到美洲大陆的第一站。而普罗温斯敦则是位于科德角最尖端处的一个海滨小镇。

普罗温斯敦

驱车隐道沙屿间，
红尘入海水微黏。
夏日渔舟随风倚，
笙歌难尽云霁前。

　　开车穿越沙丘间忽隐忽现的道路，终于来到这海岸边。在飞扬的沙土里。跳入海中游泳，感觉阳光下的海水稍有黏腻。夏日的和风吹过船港，渔舟随风摇摆。在这海阔天空的闲云之下，就让兴致盎然的我们一起轻歌曼舞，直到天明。

新港，罗得岛州（Newport，Rhode Island）

罗得岛州位于马萨诸塞州南侧，紧邻大西洋。新港因其海岸边的山庄别墅、城堡豪宅而闻名。

新港

乱潮西浪黄昏暮，
亭台楼角新筑。
青草浮尘伴斜风，
岩阶近海堤处。

玲珑灯火映红树，
夕霞下远灯枯。
欲问何家酒香散，
回首难寻归路。

　　黄昏里，西来的潮水胡乱地拍打着海岸边的礁石，城堡的楼阁与露天的亭台在蓝天下依旧崭新。而靠近海堤的青石台阶旁，斜风吹过青草，与尘土一块飞扬起来。城堡上五颜六色的灯火照得红霞下的枯树干分外鲜艳。随着落日渐渐西下，远方的灯光显得微弱不堪。突然间闻到佳肴美酒的香味，想要询问路人是从哪里飘来的。回过头却发现天色已晚，看不见归去的小路了。

萨凡纳，佐治亚州（Savannah, Georgia）

萨凡纳是佐治亚州的港口城市，得名于萨凡纳河。这里有着浓郁的南方风情、多元的历史建筑与花园式广场。而泰比岛（Tybee Island）则紧邻萨凡纳，有着不为人知的宁静海滩。

沙洲

弯枝叶下荫成片，
踱步街尽灯塔前。
夜入桅杆行风碎，
沙田新月品流年。

　　沿着街道缓缓向灯塔前行，弯曲的树枝下绿荫成片。夜色缓缓降临船港，在渔船桅杆的阻拦下，风儿好像也变得零碎。沙洲上渐渐泛起皎洁的月光，那就在海田前静静地品味这美好的年华吧。

迈阿密，佛罗里达州（Miami, Florida）

迈阿密气候宜人，海滩辽阔，不失为冬日躲避严寒的好去处。就这样与新结交的各国好友在楼台上夜饮，或是来一场沙滩排球，抑或是悠闲懒散地躺在沙滩上晒晒太阳，忘却日常烦恼，惬意地享受生活。

楼台夜饮

清酒繁灯风语急，
旧台新友晚月西。
难叙三洲皆路远，
便踏浅浪笑潮低。

　　清淡的啤酒映照着五颜六色的霓虹灯，在阵阵急风中泛起涟漪。我和新结识的朋友一起倚靠在破旧的露台上，看着夜晚的月亮慢慢西行。即使来自不同的地方，也都感到难以讲述坎坷的经历与茫茫前程。那今夜不如就一起轻踏着浅浅的浪花，在退去的潮水里玩笑嬉戏。

海天一色

笛音难眠淡饮甜，

横湾碧水暖沙尖。

仰首独览云涛细，

不闻尘语只望天。

　　海滩边的古巴笛的笛音不曾停下，淡淡的甘蔗汁显得如此怡甜。放眼望去，海湾延伸到尽头，水色清澈碧绿。灿烂的阳光下，细沙也变得温暖了许多。不如在无尽的大海中遨游，然后抬头独自品味细细的云涛，只需静静地望着天空，享受没有来往游人叨扰的安宁。

西礁岛，佛罗里达州（Key West, Florida）

西礁岛是美国本土最南端的城市，占地17平方千米，距离古巴哈瓦那仅有170千米。
在此游玩时于青年旅社偶遇六国好友，纵使狂风暴雨，仍旧兴致盎然。

青旅

登台远眺行风狂，
幽灯半掩小径荒。
闲浴暖泉落花下，
谁家暗曲自含香。

　　登上有着白色栏杆的天台向远处眺望，不禁觉得高处狂风四起。幽暗的小灯透着淡淡的光晕，虚掩了荒芜的楼间小径。悠闲地沐浴在温水池中，路边的黄花缓缓落下。突然听到远处传来的歌谣，被带着芬芳的音律所惊艳。

海明威故居坐落在西礁岛，他的许多作品都完成于此。故居中有很多猫，也成了一大特色。

故居

棕榈轻摇小楼前，

懒猫二三卷叶间。

曾经多少水手事，

皆成笔下老人言。

　　棕榈叶轻轻地在海明威故居的小楼前摇曳，懒散的小猫们嬉戏在草丛间忽隐忽现。曾经多少在船上与水手们发生的故事，如今都成了他笔下作品中老人的话语。

海岸

骤雨凉风乱，

晓岸清砖寒。

水鸟不惧浪，

沉云也逐帆。

　　突如其来的风雨肆虐了这宁静的小镇，清晨湿漉漉的砖块也微微透着寒凉。只有水鸟们不惧怕海中风浪，即使乌云压境，也在港口停泊着的船只的桅杆间追逐嬉闹。

旧金山，加利福尼亚州（San Francisco, California）

行走在旧金山的海岸边，有一种宁静而安详的舒适感。这座整洁而又富有文化气息的城市，堪比东海岸的波士顿。

金门大桥

远近行舟沧海中，

肩架双屿身泛红。

近湾两峰云端里，

自然不与他桥同。

放眼望去，海湾里无数行船忽远忽近地漂浮在水面上。金门大桥仿佛肩上的扁担，扛着两块陆地，在夕阳下泛着淡淡的红色。两座高耸的塔梁像山峰一样插入云端。金门大桥气势非凡、超然脱俗，自然不是其他桥梁可以比拟的。

圣迭戈，加利福尼亚州（San Diego，California）

虽然常闻加州阳光明媚，初次造访 1 月的圣迭
戈，那里却是阴雨连绵。

海崖

石崖难尽雨难休，

寸草具黄枝满愁。

恨潮西来随风起，

小酌温酒话海洲。

　　海崖向南北绵延，感觉就像这阴雨难以停下。冬天，枯黄的断草与枯树枝好像
也满含愁绪。潮水从西边伴随行风汹涌袭来，不如和好友在海崖边一起温酒，追忆
童年的时光。

城

芝加哥，伊利诺伊州（Chicago, Illinois）

芝加哥，紧邻五大湖，素有"风城"之称。每当往来于学校间，总是会经过这里，在云门（Cloud Gate）下，我只是一个过客。

风城

生命的摩天轮，

在暮色下缓缓转动。

我看着云门中的自己，

在风的故乡。

费城，宾夕法尼亚州（Philadelphia，Pennsylvania）

费城在华盛顿建市前是美国的首都，《独立宣言》与联邦宪法均在此通过。美国第一
银行总部也曾坐落于此。

宾夕法尼亚大学（UPenn）　　沃顿商学院（The Wharton School）

独立钟

仿佛听到

独立钟之声，

传遍了红砖铺成的古道。

被风沙侵蚀的大理石柱旁，

是开国元勋们谱写的初章。

华盛顿特区（Washington，D.C.）

美国首都。白宫、国会大厦所在地。

夜色

夜色中,

纪念堂里端坐的林肯,

凝望着远处纪念碑,

和纪念碑后

那片即将入睡的土地。

巴尔的摩，马里兰州（Baltimore, Maryland）

巴尔的摩是美国大西洋沿岸重要的港口城市，紧邻华
盛顿特区。普信基金（T. Rowe Price）创始人普赖斯
在此成立公司，总部位于内港普拉特街 100 号，实习
时我曾来此参观游览。

风华

普赖斯的信念，

伴随着内港之滨，

永驻风华。

星光大道

龙马红车飞烟聚，

浓妆淡缕幻影虚。

万千风流人到此，

不是落霞又离去。

洛杉矶，加利福尼亚州（Los Angeles, California）

星光大道上有众多名人的星形奖章，以纪念他们对娱乐圈的贡献。

纳什维尔的马车

纳什维尔的马车,

就像那里的音乐一样,

从来都没有停下来过。

纳什维尔，田纳西州（Nashville，Tennessee）

纳什维尔是美国乡村音乐的主要发源地。街边的餐馆中都有歌手与乐手在即兴演奏，让人流连忘返。

亚特兰大的圣火

亚特兰大的圣火，

在摩天轮的另一端，

忽隐忽现。

亚特兰大，佐治亚州（Atlanta, Georgia）

亚特兰大曾举办 1996 年夏季奥林匹克运动会。城中建
有奥林匹克公园，旁边是摩天轮，在上面可俯视全城。

查尔斯顿，南卡罗来纳州（Charleston, South Carolina）

查尔斯顿是位于美国南方的一座充满着西班牙与墨西哥风情的古老海滨小镇。恰逢春夏时节，杜鹃、山茶盛放，百花争艳，与林荫步道、款款海风相融合，让人陶醉不已。

春港

沙尽须草风萧萧，

横浪轻腾弄低潮。

东南近春好风景，

十里红花三里桥。

　　沙滩尽头，水草随风飘摇，翻滚的浪花像弄潮儿一样轻轻跃过退去的潮水。临近春日，东南之地有了美好的风景，各色花草相连不绝，点缀着绵延的廊桥。

再题春港

须草风萧萧，

腾浪弄低潮。

东南近春好，

花红三里桥。

集市

新辙旧市马蹄中，

轻扶摇伞杏香浓。

花落风铃吟春早，

日下西砖半映红。

查尔斯顿集市

查尔斯顿集市是美国最古老的公共集市之一，这里售卖各种手工艺品。

　　古老的集市旁，马车疾驰而过，留下新的车辙。在路旁轻抚着摇动的纸伞，从四处飘来的花香异常浓郁。风儿吹过，花瓣落下，晃动的风铃仿佛在吟唱"春日尚早"。西下的夕阳从砖块上缓缓划过，也映照着这泛着殷红的矮墙。

后记 | 三城旧事

——山海皆远，我心亦遥

1. 麦迪逊，威斯康星州

柴德邦和他的梦

2014 年夏末，我第一次来到麦迪逊，已经是凌晨 2 点了。那个夜晚我记忆犹新——我拖着两个大行李箱，又背了两个包，眼里满是憧憬与不安，来到了这个已经熟睡了的城市。回想申请季，从彻夜准备考试，到最后未被心仪大学录取，心情起起落落。静下心来时，我仿佛听到了来自曼多塔湖（Lake Mendota）的召唤。作为美国顶尖大学学术联盟（AAU[1]）创始会员之一，威斯康星大学麦迪逊分校被誉为"镶嵌在五大湖的一颗蓝宝石"。我放弃了加州的阳光海滩，放弃了私立大学的精英小班教育，来到这个位置偏远的、天寒地冻的麦迪逊一探究竟。惠普前首席执行官卡莉·S.菲奥莉娜（Carly S. Fiorina）说过："既然做出了人生的重大选择，就必须

1　AAU（Association of American Universities），美国大学协会，又称"北美大学联盟"，成立于 1900 年，其创始成员共 14 所，包括哈佛大学、普林斯顿大学、耶鲁大学、哥伦比亚大学、宾夕法尼亚大学、康奈尔大学、斯坦福大学、芝加哥大学、约翰斯·霍普金斯大学、加州大学伯克利分校、密歇根大学、威斯康星大学麦迪逊分校等。

证明它是对的。"

刚入学的兴奋与好奇持续了一段时间，那个夏天，我在探索未知的欣喜中度过：和舍友在湖边观看露天电影，走访植物园；和新结识的同学参观校园的教学楼与食堂，在市中心广场的美食节上品尝炸起司；和学长骑车环湖，寻访那些不知名的街区与灌木丛；参加有趣的领导力社团（Student Leadership Program）与冒险学习社团（Adventure Learning Programs）的活动，前往树林里的小木屋秋游。宁静的麦迪逊像是世外桃源，一尘不染，契合我的心性。

值得一提的是，我所居住的宿舍柴德邦（Chadbourne Residence Hall）是以威斯康星大学旧时校长的名字命名的。这间宿舍之前是女生宿舍，在社会逐渐支持女性进入大学学习的历史时期，扮演过重要的角色。当然现在已经向所有同学开放。宿舍位于学校中央，各种活动丰富多彩。我们会在夏日的午后前往聚餐点（Picnic Point），用树枝生火，将棉花糖烤至金黄，然后夹在巧克力和饼干中间吃，甚是美味；也会在周五的夜晚前往滑雪场，在尖叫声中，沿着黑道飞驰而下；我们会在期中考试之后，前往电影院观看新上映的《饥饿游戏》，或来一场激光真人枪战；也会在冬日里一起拿着餐厅的托盘从水域宿舍（Waters Residence Hall）边上的土坡上滑下（同学们称这种行为为 sliding）。记得万圣节那日，不知是谁用纸片做成了一张大网粘在我寝室门口，清晨，睡眼惺忪的我打开门一头就撞了上去，着实被惊吓到了。虽然来自地球的另一端，我却被这座城市的热情所感染。我会在课后跃身跳入曼多塔湖里，或是参加舞蹈社团的练习。也会在周六的早晨出发去位于西镇购物中心（West Towne Mall）的电影院观看半价电影，或在街道上与未曾谋面的陌生人热情击掌。

学习是大学生活的重中之重，威斯康星大学一向以严格的学术与考试闻名遐迩。我将大部分的空闲时间花费在了图书馆里。为了尽可能提前毕业，我选修了大量课程，涉及各个领域。威斯康星大学分布着众多的图书馆。我经常去宿舍后的法学院图书馆，那里有着简洁的钢架建筑风格，落地玻璃窗通透明亮。期末考试前，我也会去湖边的学院图书馆（College Library）学习至天明，然后观看日出。我甚至见过图书馆里有学生搭帐篷以便睡在那里，很是令人感到新奇。

宁静的曼多塔湖

第一年的课程中，给我留下深刻印象的当数哲学和舞蹈了。我享受在哲学课堂上争辩生命的意义，在课后咀嚼阅读深奥的哲学书籍，也惊叹于自己在期末考试可以就短短的考题书写 10 多页的文章。而舞蹈课让我在高强度的学习之余，放松身心，舒展筋骨，冥想人生。

值得欣喜的是，我遇到了很多给予我很大帮助和鼓励的教授。琼·T. 施密特（Joan T. Schmit），我风险管理课程的教授，就是其中之一，她曾担任过美国风险管理与保险学会主席。那门课我前半学期学习非常吃力，但她总是在我寻求帮助的时候细心给我讲解知识点，并鼓励我努力向前。最终，我在第一个学期收获了 GPA 满分绩点 4.0。当然，挑战自己的道路并非一帆风顺。因主修专业是数学，在第二学期，我选修了研究生级别的课程，纵然每天绞尽脑汁学习到深夜，也还是无法获得好成绩。这给我很大的打击，但是我并未气馁。人生路上，挫折总是难免。

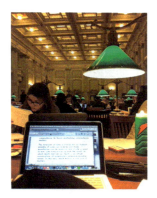

威斯康星历史学会图书馆

在顺利完成了第一学年的数学荣誉课程之后，我申请并成功加入了文理学院的荣誉学院（Letters & Science Honors Program），准备在新的一年里在各个维度对自己发起挑战。早在

2015 年春假之际，我就走访了美国东部的各大世界名校的研究生院，提前为未来做好准备。我到纽约参观了哥伦比亚大学、纽约大学，去了华尔街；在波士顿考察了哈佛大学、麻省理工学院并听了几堂研究生课；又坐车去费城看了宾夕法尼亚大学沃顿商学院。都说那些勇敢追寻梦想的人最是可爱，我也在这个新的世界里，慢慢探索属于我的那个梦。

西区

在麦迪逊的第二年，我和之前的课友荣毅一起搬到了酒馆公寓（Birge House）。它位于学校西侧的瑞金区（Regent Neighborhood），紧邻学校的橄榄球场（Camp Randall Stadium）。虽名为酒馆，但其建筑风格却朴素简洁。

公寓的地理位置给了我探索西校区的机会。我和荣毅时常在课后漫步到聚餐点，去"四湖大酒店"（Four Lakes Market，学校西区主要食堂，同学戏称）的壁炉旁吃晚餐，去网球场和昔日数学课课友大战，去健身房锻炼身体。我们也会驱车北上，探索恶魔湖（Devils Lake）和威斯康星德尔斯（Wisconsin Dells）的奥秘。记忆深刻的当数路边的中餐馆，那里有廉价的自助餐，热情的老板娘会和我们交谈往事，然后给我们加菜。

大学第二年，课业繁重起来，我奔波于文理学院、商学院、工学院之间。在确保数理、商科、工程课程的基础上，再尽可能多地涉猎人文课程。我甚至突破了选修课程的学分上限，一连几个学期保持 7 门课以上，但依然斩获 GPA 的满分 4.0。远离学校中心给了我更好地安静下来的空间，恰逢我选修了一门"创意写作"课，我时常坐在厨房的吧台边静静思考，细细品味，一不小心就是四五个小时，然后写出一行行英文诗歌或一篇小说。学期结束，我将诗歌、小说结集成册，精心装帧设计封面、扉页、插图，取名《边缘》（*The Edge*）。"若你没有活在生命的边缘上，你占用了太多的空间。"（If you are not living life on the edge, you are taking too much space.），这是我在扉页上引用的一句话。

我一如既往地迷恋图书馆。西校区没有很多的图书馆，每个周六，我总是在橄榄球比赛的喧闹声中，在像碉堡一样的斯滕博克图书馆（Steenbock Library）里默默学习。那年我上了一门很有意思的文学课，叫作"中世纪爱情"。大量的阅读令我苦恼，不过课程内容十分有趣，老师的讲解也非常精彩。班级学生不到 10 人，我结识了在小提琴和哲学方面颇有建树的亚当。春日里，老师邀请我们班级的同学前往她位于城中的家里吃晚餐。她对我和亚当说："诗歌和音乐是息息相通的。"

在商学院里，另一位给我很大影响的老师是马克·拉普兰特（Mark Laplante）。他的金融课程讲解得很清晰，又给出富有挑战的练习与考试。那年生日，正好遇上他开课向我们传授他的人生经验。他鼓励我们在金融的道路上继续前行，并且要坚信我们为社会所创造的巨大价值。他讲课结束之后，我热泪盈眶，于是我将买给自己的那块生日蛋糕送给了他。多年以后，我已在金融这条道路上奋力前行，相信他也会感到欣慰。

进入文理学院的荣誉学院之后，我继续在荣誉课程中挑战自己，而我和荣誉学院的学术指导老师的交流也频繁了起来。文理学院的荣誉学院位于沃什伯恩天文台（Washburn Observatory），那是一个古老而宁静、精致又温馨的小屋，矗立在山坡之上，默默凝视着曼多塔湖的湖面。我时常在与老师的交谈结束后，在天文台前的长椅上独自望着湖面冥想。

学习之余，我在领导力社团与冒险学习社团也担任了重要的职位，分别负责组织领导力培训和绳索课程。我很享受帮助别人学习进步的过程，每当看见参加活动的老师和同学们的笑脸，我总是备感欣喜。这些机会也充分锻炼了我的领导力与人际交往能力。在领导力中心（Center for Leadership & Involvement）的马克·库珀斯（Mark Kueppers）老师的帮助下，我收获了超凡的成长。我和社团里的同学们一如既往地进行秋游与冬日集训，探索更好的社团发展理念，当然也体验了诸如深夜探险、雪地打滚、游戏至深夜的欢乐时光。

学期结束后，学校组织 35 名校学生社团领袖开展一年一度的威斯康星汽车游（Wisconsin Experience Bus Trip）。我们周游威斯康星州的各大城市与新奇景观，探索威斯康星理念[2]（Wisconsin Idea）——回馈社会。我们参观了奶牛农场（The Baerwolf Farm）、橄榄球馆、印第安人保护区（Lac Courte Oreilles Ojibwe）等，品尝了各地美食。在印第安人保护区的一片水域内，导游告诉我们："印第安人早先在此捕鱼，但他们总是回馈自然。"

我们积极探索与交流领导力理念，以及如何更好地回馈社会，彼此结下了深厚的友谊。那趟汽车游，学生社团领袖们的风采令人印象深刻。备感荣幸的是，作为优秀学生代表，我先后受邀出席了文理学院院长的午宴，以及校长家的晚宴。我将一封对学校发展建议的信函呈给了丽贝卡·布兰克（Rebecca Blank）校长，阐述了如何在州政府与大学之间搭建"绿色之桥"，构建大学、政府、学生之间科研、创业实践、回馈与反哺的机制。

2016 年夏，也是我大二的暑假，我参加了荣誉学院的暑期数学科研（Welton Summer Sophomore Research Apprenticeship），和方老师（Louis Fan）一起探索数学随机漫步（Random Walk）的奥秘。面对富有挑战的数学问题，他给予我很多指导与帮助。我学习了许多精深的数学知识，感受到数学之美，并结识了很多其他的科研爱好者，了解了他们在各个领域从事的研究。

这个夏天，因同时备战研究生升学考试，我常独自一人乘坐 2 路公交车前往位于西校区的医学院的图书馆（Ebling Library）学习。即使是假期，也有很多勤奋学习的医学院的学生，这让我对身着白大褂的学生们肃然起敬。那里的氛围很好，有一种医学院的严肃与庄重，而我也总是能干

---

2 威斯康星理念，又称"威斯康星思想"，由威斯康星大学校长查尔斯·范海斯于 1905 年提出，1912 年正式出现这一名词。它是世界高等教育史上具有划时代意义的思想，主张高等学校应该为区域经济与社会发展服务。世界高等教育的职能从教学、科研扩展到社会服务，由此形成了高等教育的三大职能。

劲十足地从早学到晚。他们的餐厅也比学校宿舍的好上不少，更不用说返程路上日本小面馆的和风拉面了。

威斯康星大学数学系教学楼

大二是我最忙碌的一年，也是突破自我的一年。文、理、商、工四大学科全面出击，科研、实习、GRE 复习迎考同步进行，还要兼顾两个社团的管理与活动，而我总是激情满满。我清楚，停止前进就是后退，因此我需要继续一直向前。

告别湖岸

已然决定自己要提前毕业，我便想在最后一年再体验一把校园生活。我通过竞选面试成功应聘到了宿管（House Fellow）的职位，遂毫不犹豫地选择了亚当宿舍（Adams Residence Hall）。它位于西校区，毗邻曼多塔湖，是一栋历史悠久的石头铸成的四合院，古朴而不失典雅，庄重而又显活力。那也是国际学生学习小组的所在地，每隔一层都会有一个语言小组（Language Immersion Houses），配备指导老师，开展各项学习与交流的活动，当然也包括了全宿舍范围的活动。在印度狂欢节，我们抛撒各色颜料粉；在中国春节的庆典上，我们一起观赏烟花。

亚当宿舍

我主要负责管理 36 位刚入学的新生。我想方设法给他们准备精彩的活动、美食，为他们提供学习及生活上的帮助。我想让这些可爱的孩子如我一般，深深爱上这所学校。我带他们去参观夏日集市，参加歌舞表演，解答数学难题，畅谈人生理想。宿管的经历不仅使我融入了多元文化，而且提高了我的管理能力。而这份工作最疯狂的部分是需要在夜晚巡视，分别在午夜 12 点和凌晨 2 点半。我总是拖着疲惫的身体走过一层又一层楼梯，看看那些小伙伴是否就寝，以确保一切安全。

每周二的傍晚，宿舍会组织自助的晚餐，并邀请知名研究者来给我们演讲。那是我一周里吃得最满足的一餐。我在那里第一次品尝到芒果起司蛋糕，是迄今为止我吃过最好吃的。周五的夜晚，我们会聚集在灯塔屋里玩桌游；周六的午后，中文天地的王老师总是会热情地准备火锅招待宿舍里的大家。我在那里遇到了最好的伙伴们，我们也时常畅聊到天明。那是悠闲而愉快的一年，时间匆匆飞驰而过。

夏日或秋天的午后，我会慢慢沿着金色小径漫步回家；冬日的清晨，我常常屏住呼吸翻越小雪坡，前往工学院上课。偶然的机会，我漫步到了位于学校西南的梦露街（Monroe Street），而它也可以算是我在麦迪逊最喜欢的一条街道了。那是一条宁静的小路，临街是精致的小商品店和永远绽放的美丽花朵。我时常步行去乔氏超市（Trader Joe's）购物，然后慢慢享受那份美好。

在完成学业之余，我想在麦迪逊的最后一年，尽可能多地践行威斯康星思想。于是，我坚持每周二和周四清晨前往贝丝以色列文化中心（Beth Israel Center），教授那里小学 1—3 年级的学生数学课程，并参与那里的文化交流学习活动。教小朋友上课需要耐心，我尽量做到循循善诱，但还是颇具挑战性。学期结束，在我离开的那天，孩子们送给我一束美丽的百合花，并且拥抱着我哭泣。在那一刻，我突然意识到，能在一个学期的时间里和他们一起成长，给他们带去知识与快乐，是一件多么幸福的事情。

又一个春假到来，我参加了"志愿者汽车游"（Students Today Leaders Forever）。我们一路向南，穿越各州前往南卡罗来纳州的查尔斯顿（Charleston），一边参加志愿者活动，一边游览各地风光。我们在沙滩上捡垃圾，在树林里除杂草，在仓库里整理书籍，在农场里清洁动物。我们各自分享有趣的故事，一起睡在学校的操场或者是教堂里，成为很好的伙伴。印象最深刻的当数纳什维尔了（Nashville）——一座充满音乐氛围的城市，也是美国乡村音乐的发源地。那里的每一间餐厅都有音乐家在现场演奏。我们享受着美食，静静聆听那直击灵魂的乡村音乐。

2017年3月6日，我接到麻省理工学院（MIT）招生老师打来的电话，告诉我我已经被录取了——在20岁零10个月之际，我收获了美国M7[3]之一的麻省理工学院斯隆管理学院（MIT Sloan School of Management）金融硕士的录取通知书。随后，哥伦比亚大学、康奈尔大学与芝加哥大学的录取通知书也先后到来。面对这些美国名校、世界顶尖大学伸出的橄榄枝，回想一路走来辛苦又充实的3年，我异常欣慰。

同年5月，历时9个月的数学研究项目终于完成，我做了学术研究专题汇报演说。在我21岁生日那天，我从院长手里接过了领导力项目毕业证书（Leadership Certificate）。

毕业季到来，父母专程赶来麦迪逊参加我的毕业典礼。我作为文理学院荣誉学院2017届优

在巴斯科姆楼前

3 M7（Magic 7），魔力七大，指哈佛大学、斯坦福大学、宾夕法尼亚大学、麻省理工学院、芝加哥大学、哥伦比亚大学、西北大学7所享誉世界的美国顶尖的大学商学院。

威斯康星大学毕业典礼

秀毕业生发表了毕业演讲，这对我来说是至高荣誉。我演讲的题目是《向前》（FORWARD）。我在演讲中表达了追逐梦想、一直向前的精神。演讲结束，家长们起立长时间为我鼓掌，我隐约看到有些长者眼含热泪。以至第二天我带父母参观校园时，路上仍有陌生的家长喊着我的名字，竖起大拇指朝我打招呼。

我在麦迪逊的时光终于迎来尾声。在与老师、同学、挚友一一道别之后，我依依不舍地离开了这所我深爱着的大学。纵然万般留恋，我也需要继续前行。毕竟，我已经激动无比，因为下一个目的地是波士顿（Boston）——一个我心仪已久的城市，更不用说那里位列世界大学之巅的麻省理工学院。

2. 剑桥，马萨诸塞州

穹顶之下

查尔斯河的竞舟

麻省理工学院的求学之路从夏初便开始了。暑假集训的学习强度没有想象中那么大。课余，我积极探索着波士顿与剑桥（Cambridge）的风土人情。北岸（North End）的意大利餐馆海鲜面，农贸集市上廉价的生蚝与水果，奥斯顿（Allston）西下的斜阳，长木区（Longwood）穿梭在树林间隧道中的绿线地铁，哈佛广场的清茶，还有后湾（Back Bay）红砖下的鲜花……这座城市无时无刻不透着一股睿智与典雅。

剑桥是马萨诸塞州的一个市，隔着查尔斯河（Charles River）与波士顿相对。在查尔斯河中驾驶帆船，是麻省理工学院一个有趣的传统。趁暑假闲暇时分，我报名学习了帆船。下课之后，我不时和同学一起驾船于查尔斯河中——在平静的水面上，仰视天空，眺望剑桥河畔。暑期课程结束后，我和同学们驱车前往位于科德角（Cape Cod）的普罗温斯敦（Provincetown），我们在那里游泳、玩沙滩足球、品尝海鲜，一起享受这美好而又短暂的夏日时光。

麻省理工学院已连续多年在 QS 世界大学排名中名列第一，也是全球理工科学子心目中的"圣殿"。依托麻省理工强大的科学、工程和技术背景，斯隆管理学院也贴着量化分析的标签。在金融硕士项目学习过程中，我有幸接触到全球顶尖的教授、知识渊博的同学以及给予我极大帮助的项目指导老师。我总是被高根（Leonid Kogan）教授年少时便获得 2 个博士学位的经历所震惊，也被诺贝尔经济学奖得主罗伯特·C. 莫顿（Robert C. Merton）的个人逸事所逗乐；潘军老师能将金融市场分析得清晰通透，而门德（Paul Mende）老师的谆谆教诲我也总是铭记在心；还有罗闻全（Andrew Lo）、王江、陈辉等一大批声名卓著的金融学教授。

麻省理工学院的校训是"知行合一"（Mind and Hand）。除了教授新知识，学校还特别注重团队协作与实践。我们的项目有着丰富的课程内容与资源，分别有对接全球著名的科技、金融、咨询等各个行业的公司参与，共同探索当今世界前沿的技术、市场、策略方面的问题。秋天，我参与了道富集团（State Street）的科研项目，用机器学习探索市场因子的波动；寒假里，我加入了波士顿的一项对冲基金的项目研究，分析研究股票做空的陷阱；而在第二年春天，我作为项目负责人，与区块链公司 R3 开展关于新兴金融科技市场策略的研究。我还参加了斯隆投资管理俱乐部（Investment Management Club），并作为金融硕士项目推选的仅有的两名学生之一，前往纽约黑岩（Black Rock）总部了解阿拉丁平台的奥秘，以及聆听对冲基金大佬讲述资本市场的风起云涌与惊心动魄。漫步在中央公园，我希望自己有一天也可以在世界金融舞台中央激流勇进。

课后，我还是一如既往地喜欢待在图书馆。不过，麻省理工学院的图书馆却没有像哈佛大学的那样让我心动。我经常在周末骑车沿着马萨诸塞大道（Massachusetts Ave）至哈佛主校区怀德纳图书馆（Widener Library）自习。在那里，我总是感觉到有一股神秘的力量，让我安静下来。之后，我发现哈佛法学院图书馆的顶层也是一个不错的学习地点：那里相当开阔，阳光透过偌大的窗栏，映射在白色大理石柱上。法学院的庄重与宁静似乎要比医学院更上一个档次。那里丝毫没有一点声音，而我，连呼吸都小心翼翼。

在麻省理工学院的 3 个学期我都居住在唐氏楼（Tang Hall），这幢宿舍楼坐落于学校最西侧，是查尔斯河边高耸的怪物（因年份久远且建筑风格老式）。它得名于曾经在麻省理工学院就读的唐炳源先生。虽然离商学院比较远，但是我还是很享受每日清晨沿着查尔斯河悠闲地散步去上学的过程。每日的行走也让我欣赏到了查尔斯河畔的春花秋叶、风雨云雾等种种样貌。我会饭后步行到乔氏超市购买食物，或是冬日于高楼之上边沏茶，边观赏冰冻的查尔斯河，以及夕阳下河对岸波士顿大学的袅袅炊烟。虽然居住在唐氏楼，但下课后我时常会和小伙伴一起来到太平洋楼（Sidney Pacific）通宵学习。我清晰地记得，那时做金融财务案例、固定收益的练习题，或是高级金融分析到凌晨一两点，对学习充满热情的我们，却一点都不显疲惫，反倒是欢笑着整理满桌的草稿纸。结束之后，我会慢慢沿着寂静的铁路边的小径走回宿舍，在月光下，打量自己的身影。

学习之余，适当的放松也是必不可少的。暑假每个周日的夜晚 8 点，我会在灰楼（Ashdown）宿舍一边喝着菠萝味的芬达，一边吃着爆米花，惊叹于最新一集的《权力的游戏》（Game of Thrones）。同学们不约而同聚在太平洋楼的咖啡时光（Coffee Hour）吃西瓜，在肥牛火锅城大口吃肉，然后来一场雪仗，或是在剑桥不知名的街区里品尝新疆大盘鸡。我们会一起去参观罗得岛（Rhode Island）的城堡，抑或是去瓦尔登湖（Walden Pond）边冥想，在白山（White Mountains）翻越曲径，在缅因（Maine）细数秋红。

罗得岛新港

要说在斯隆管理学院里我印象最深刻的活动，应该是每年9月的游艇派对了。那个活动几乎项目里的学生都会参加，当然也包括工商管理硕士（MBA）。我们会在下课后前往港口，然后乘坐小型游艇驶离波士顿，在港湾边绕行。船上有可口的美食（自助餐），还有迷人的音乐。我十分享受在海风中倚靠着船栏，一边观赏波士顿天际线的美景，一边笑闻系友在印度尼西亚创业卖冰激凌的故事；也享受一边摇动杯中的红酒，一边在跳跃的音乐里和同学一起摇摆。

麻省理工学院斯隆管理学院

一年一度的滑雪也是我研究生生活的亮点。第一年冬天我抽空和学校同学一起去了走私者峡谷州立公园[4]（Smugglers Notch State Park）滑雪。短短三日，我的水平大幅提高，同时也被山脊银装素裹的美丽景色所折服。我结识了在麻省理工学院做研究的小伙伴们，我们白天一起滑雪，晚上一起在篝火旁参加学校的各种活动，可以说滑雪和泡澡真的是最佳的组合，好不惬意。第二年，我和项目里的同学一起去了斯托（Stowe）。

斯隆管理学院组织的游艇派对

4 走私者峡谷州立公园，位于美国佛蒙特州（Vermont）拉莫尔县的绿山山脉，邻近小镇斯托，是著名的滑雪胜地。

那也是一个久负盛名的滑雪胜地。我一次次和伙伴们飞驰而下，享受着群山之巅的辽阔与云雾中的晚霞的美景。

回到学校，第二学期课程的难度明显增加，特别是在我选修了金融工程的基础上，又添加了计算机系久负盛名的机器学习（Introduction to Machine Learning）。那节课起初有 600 多人，大部分都是本科学生，课程学习量很大。每周我总是会花上 10 多个小时，整理笔记，完成练习，和老师同学讨论。每当回答的问题的答案都显示为绿色（作业在课程网页上完成，答案正确显示绿色）时，我总是有一股莫名的成就感。在与时间的赛跑中，在与天才们的交手中，一学期超越极限的 7 门专业课我拿到了满绩（全 A）。机器学习可以说是我在麻省理工最喜欢的课之一。这门课让我学习到了很多前沿的机器学习理论，也激发了我向数据科学进行转型的决心。

后来，我参加了商业分析项目（Business Analytics）的课程，包括数据分析实验室（Analytics Lab）的机器学习项目。我们团队根据社交网络和无线数据，帮助秘鲁的一家地产公司更好地规划商业活动。这个项目很成功，公司在项目结束之后马上利用我们的成果筛选了新入驻的品牌和商店，而我也在之后成功拿到了全校唯一一个普信基金（T. Rowe Price）[5] 数据科学部暑期实习的机会。

最后一个学期，我参加了哈佛商学院（Harvard Business School）的战略执行（Mastering Strategy Execution）课程，师从罗伯特·西蒙斯（Robert Simons）教授，也算圆了自己留学以来的一个梦想。哈佛商学院的课程，需要每天阅读数小时的案例并进行分析。课堂上，教授会时不时让学生到台上阐述个人观点。因为从麻省理工学院到哈佛商学院的交通不便，每周一三五清晨，我会顶着查尔斯河的寒风，沿着河岸骑公共自行车去上课。每次到校园里，手指都冻得不行，但我总是欣喜万分。哈佛商学

---

5 普信基金是美国资产管理巨头，也是全球著名的基金公司，管理资产达 1.1 万亿美元。

院可以说是我最喜欢的商学院之一，古朴的建筑与精致大气的装修风格散发着高贵的气息。每当下课后，我都会在校园里小憩片刻，静静感受这校园的氛围。

MIT 数据分析实验室期末成果展示

在麻省理工学院度过的时光是短暂的。在紧张的学习环境中，有很多艰辛，有很多兴奋，也有很多迷茫。伴随着又一次毕业季的到来，我即将步入社会，也对过去 5 年的校园生活有很多不舍。当我再一次沿着那些走过无数遍的校园道路行走时，回想起那个刚刚抵达波士顿的意气风发的自己，恍若一梦，不禁思绪翻涌，感慨万千。毕业典礼上，当老师鼓励我们"不要因世间的不完美而沮丧，要用智慧与勇气给这个世界带来光明"时，我热泪盈眶。

在哈佛商学院学习

离开波士顿前夕，我又独自返回校园，遇到了罗闻全教授。他欣然为我提笔写下了一行字，祝愿我未来一切都好。人生总是在不断的相聚与分别中前行，而我也会带着那些美好的记忆，勇往直前，继续追逐我的梦想。

下一站，纽约。

父母出席我在麻省理工学院的毕业典礼

3. 纽约，纽约州

日出曼哈顿

虽然之前多次到访纽约，但第一次严格意义

上开始在纽约生活，当数 2018 年在普信基金数据科学部实习的那个暑假，那也是我第一份正式的在美国学校外的工作。行走在曼哈顿的街区，面对林立的高楼，我想起大一春假时在华尔街东张西望的自己。3 年之后，22 岁的我，又来到了这座城市。

乔是我的上司，丽塔姐是我的导师，他们都给予我很多工作和生活上的指导。记得乔总是叮嘱我要利用业余时间多去探索一下这座城市，去触摸一下自由女神像，而我最后的考核也将由我在城市里的自拍数量所决定。这当然是玩笑话，我最后也没有来得及去触摸自由女神像，但是实习的那 3 个月中我不仅学习到了前沿的数据科学的技术知识，还学习到了灵活的运营方式与思考理念。

实习期间，我住在新泽西的新港（Newport, Jersey City）附近，这里位于曼哈顿的西侧，哈德逊河（Hudson River）的另一岸，高楼耸立，居住着大量在曼哈顿上班的青年。新泽西不似纽约般喧嚣，而我恰好需要这样的环境，好留出时间让自己在宁静中思考。我所居住的码头公寓（The Pier）算是建立在哈德逊河上，风景异常别样。从我的房间可以眺望到河对岸的世贸中心、中城的帝国大厦和早晨升起的太阳。我和我的室友们是在网上认识的，他们都是哥伦比亚大学毕业的研究生。我们会一起制作西蓝花炒鸡胸肉作为晚餐，然后一起去楼顶的健身房锻炼；或

从新泽西眺望纽约

曼哈顿世贸中心夜景

是饭后沿着哈德逊河散步，交流时事新闻。我们会在独立日一起观看以世贸大厦为背景的烟花，或是亲临不知名船坞旁的海鲜餐厅。闲暇之余，我也会在午后前往布莱恩公园（Bryant Park）的草坪上观看免费的莎士比亚话剧，或是和一起来纽约实习的同学们在中城小酒馆观看世界杯的决赛。

那是一个短暂而又充实的暑假，当我完成在麻省理工最后一个学期的学业重返纽约时，已是2019年大雪纷飞的3月。银装素裹的新港，一切都是那么熟悉，只是略带寒意。慢慢地安顿下来之后，我开始了紧张而又忙碌的生活。

我的工作一如既往地充满挑战。数据科学涉及统计建模、编程、云部署等多个学科领域，我需要不断学习才能追赶上日新月异的技术创新。有意思的是，我曾在临时租赁的联合办公楼里工作过一段时间，那是一个愉快的夏天。我喜欢那里紧凑的房间布置与木质装饰。我每天都要来上一杯哈密瓜口味的水果茶，顺便丢两下沙狐球。活跃的工作环境也给我提供了认识新朋友的机会，我们时常闲聊或一起到纽约大学旁的"苏杭"（Tipsy Shanghai）餐馆共进晚餐。我并没有特别喜欢这家餐馆的菜肴，但不知为何，它却是纽约为数不多的让我有一种回到故乡感觉的餐馆。

曼哈顿本岛有着各种游览景点与观光胜地，最让我流连忘返的，应该是位于切尔西

切尔西市场旁街景

纽约公共图书馆

（Chelsea）市场下方的格林威治村（Greenwich Village）了。

此处是一个居民区，以前有很多艺术家居住。不同于中城的喧闹，那里非常宁静。街道边遍布着红砖房与小商店，还有轻轻摇曳的古树，给我一种褪去书生气的剑桥的感觉。忙完工作之后，我有时会穿过纽约大学，在那里漫步，在那里思索。或许是秋夜，抑或是春晨。每当有朋友来拜访时，我会带他们去位于 33 街韩国城附近的雅街点心店（Grace Street Coffee & Desserts）喝茶。他家最出名的当数草莓荔枝绿茶，茶香与果香沁人心脾。在周日午后的阳光里，煮水闲聊往事至夕阳西下，人生如此，岂不快哉。

我很喜欢位于 42 街的纽约公共图书馆（New York Public Library）3 楼的自习室，时常在那里度过整个周日。坐在那个古朴而大气的主阅览室，会让我想起在威斯康星大学图书馆，或是哈佛大学图书馆学习的日子，它们散发着同样的让人流连忘返的味道。纽约大学与哥伦比亚大学可以算是隐藏在这座城市里的瑰宝了。我喜欢下班后沿着纽约大学的小路漫步至华盛顿广场，聆听学生们的创业想法，或乘坐 1 号线北上至 116 街，在哥伦比亚大学工学院里与博士生争辩机器学习的应用。只有不断充实自己的大脑，才能跟上日新月异的时代潮流。

虽然生活忙碌，我也会抽空去外面的世界看看：在宾州波科诺（Pocono）群山间激流勇进；在韦尔斯伯勒（Wellsboro）镇上慢慢前行；在熊山（Bear Mountain）观赏秋叶，用双手攀爬至山顶眺望哈德逊河谷（Hudson Valley）；在温德姆（Windham）雪山上和朋友一起，从山顶酣畅淋漓地滑下；在优胜美地（Yosemite）惊叹于满天的星空与巍峨的山岩；在硅谷（Silicon Valley）边的小镇上和挚友品尝抹茶味麦子酒，重诉儿时回忆；在西礁岛（Key West）的暴雨中和六国好友走访海明威的故居，聆听老船长的故事；在迈阿密（Miami）的海边与未曾相识的运动健将来一场激烈的沙滩排球，然后跳入海中畅泳。生命的意义在于不断地探索，在于那些令你屏息的时刻。

蓦然回首，已经在纽约度过了一年有余。记得刚来到这座城市时，满是对离开学校所感到的不安与欣喜。一段时间之后，倒是有些怀念校园里的生活了，怀念那些和同学老师嘻嘻哈哈的日子。步入社会，面临工作和生活中更大的挑战，也感觉到自身在很多方面仍然需要提高。闲暇之余，我喜欢静静翻看桌角的图书，沏一壶绿茶，独享一刻清欢。

麦迪逊、剑桥、纽约这三座城市，伴随我走过了七载岁月，见证了我的蜕变与成长。我时常会回忆那些美好的日子，它们给了我继续向前的动力与勇气。

毕竟，我的人生道路，才刚刚起步。

毕竟，山海皆远，我心亦遥。

2020 年 3 月 28 日写于新港，新泽西